二度と家には帰りません！
I'll Never Go Back to Bygone Days
Author みりぐらむ
Illustrator ゆき哉
6

「もしかして、ひまわりでできた迷路でしょうか？」
チェルシー
Chelsea
希少スキル【種子生成】を持つ令嬢。
夢に誘われ、ナイトメアと遊ぶことに。
グレンアーノルド
Glenarnold
チェルシーの婚約者。
ナイトメアの夢の中で少年の姿に。

ミカ
Micah
チェルシーの専属料理人。
夢の中ではいつも以上に
耳がもふもふ。
「すごいのよ〜！」

『「いただきます」』
グレン様と同時にそう言ったあと、
わたしは大地の神様に祈りを捧げ、
朝食を食べ始める。
エッグベネディクトの卵部分に
そっとナイフを入れると
中からとろりとした
黄身が出てきた。

二度と家には帰りません！

I'll Never Go Back to Bygone Days!

6

Author
みりぐらむ
Illustrator
ゆき哉

Characters

I'll Never Go Back to Bygone Days!

登場人物紹介

グレン

Glenarnold

賢者級の【鑑定】スキルを持った、
ユーチャリス男爵家へ鑑定に訪れた青年。
虐げられていたチェルシーの存在を知り、
手を差し伸べる。

チェルシー

Chelsea

母や双子の妹に『出来損ない』と
虐げられていた令嬢。
新種の希少スキル【種子生成】に目覚め、
スキル研究所へやってきた。

エレ

Ele

チェルシーがスキルで
生み出した『原初の精霊樹』
から顕れた精霊王。
チェルシーを主として
契約を交わす。
普段は子猫の姿を
している。

Root

チェルシーに名前をつけてもらったことで、
男の子の姿になった伝達の精霊。
チェルシーと契約を交わし、『念話』の力を授けた。

Micah

ラデュエル帝国出身の狐人の獣族。
料理がとても得意で、チェルシーの専属料理人として
クロノワイズ王国へやってきた。

もくじ

番外編

6

I'll Never Go Back to Bygone Days!

プロローグ

I'll Never Go Back to Bygone Days!

わたしの名前はチェルシー。

サージェント辺境伯の養女で、クロノワイズ王国の王弟グレンアーノルド殿下の婚約者。

わたしたちが住む大陸には五つの国がある。

大陸の北東に位置するセレスアーク聖国の大聖女を選定する試練、それを無事に見届けたわたしは、精霊樹の挿し木用の枝を運んでくれたグレン様と一緒にクロノワイズ王国へ帰ってきた。

と言っても、まだ国境門を越えたばかりで、王都に着くには半月近くかかる。

「国境門を越えただけなのに、帰ってきたっていう気持ちになるのはなぜだろう」

馬車の対面に座るグレン様が微笑《ほほえ》みながら、わたしに話しかけてきた。

夜のような濃紺色の髪に窓からの光が反射して天使の輪を作る。

整った顔立ちと相まって、本物の天使様なのではないかと疑ってしまう。

対するわたしは胸まで伸びた薄桃色の髪に紫色の瞳、背は十五歳の成人を迎えたけれど、一般女性よりは低い。

「わたしも同じようなことを考えていました。不思議ですね」

見惚《みと》れながら答えれば、グレン様は水色の瞳を細めて、とろけるような甘い笑みを浮かべた。

「そんなに見つめられると照れてしまうよ」

グレン様はそう言うとさっと立ち上がり、わたしの隣に座り直す。さらに、腰に手を回してぎゅっと引き寄せた。

セレスアーク聖国で両想《りょうおも》いだと再確認してから、グレン様の態度がとても甘い。

胸がいっぱいいっぱいになって、わたしは何も言葉を発せなくなる。

「向かい合わせで座るのもいいけど、こうして隣同士で座るのもいいね」

グレン様はそう言うと、わたしの髪をすくってキスを落とした。


十二歳の誕生日に、新種のスキル【種子生成】に目覚めたことで、わたしの世界は一変した。

生家である男爵家で虐げられながら暮らしていたわたしは、王弟殿下であり国が認める鑑定士でもあるグレン様にスキルを見出《みいだ》されて、クロノワイズ王国の王都にある王立研究所の宿舎で暮らすようになった。

王立研究所でわたしのスキル【種子生成】の調査と研究を進めていくうちに、二代目の原初の精霊樹の種を生み出し、クロノワイズ王国の城塞内に植えたことで、精霊を統べる王エレメントと出会い、契約を交わした。

そのことがきっかけで、わたしと二代目の原初の精霊樹は、嫉妬に駆られた代行者の崇拝者という組織に狙われるようになって……。

どうしてわたしと二代目の精霊樹を狙うのか尋ねるために、初めのうちは魔の森に住む代行者の元へ向かおうとしていた。

けれど、魔の森の代行者が住む屋敷には、大精霊たちが競い合って張った強固な結界があって。誰も近づくことができないため、すでにこの世界を去った大精霊たちを呼び出して、解除してもらわなければならない。

大精霊を呼び出すには、国を跨《また》ぐほどの距離に精霊樹を挿し木しなければならないため、各国の許可を取り、挿し木していた。

ところが、思いがけないことから代行者と会話をすることができ、崇拝者たちが崇《あが》めている嫉妬に駆られた代行者とこの世界を創造主から任されて豊かにした代行者が別の存在だということがわかった。

本物の代行者から偽物の代行者と嫉妬に駆られた代行者の崇拝者たちを直接、懲らしめたいと言われたのもあり、わたしたちは引き続き、国を跨ぐほどの距離に精霊樹を挿し木して、大精霊を呼び出そうとしている。

ちなみに精霊樹を挿し木できるのは、精霊を統べる王エレメントと契約しているわたしだけで、呼び出すことができた大精霊は三体。残るは一体となっている。

「そういえば、最後まで返事のなかったヴァンドール王国だけど、どうやら政変があったらしくて、しばらく対応ができないって返事があったよ」

精霊樹は植えるとても大きく育つ。そのため、挿し木する場所はある程度の広さが必要となる。また、とても貴重な存在のため、警備をする者を置かなければならない。

そういった事情もあり、各国に挿し木をする許可を求めていた。

許可をくださった順にラデュエル帝国、マーテック共和国、セレスアーク聖国と挿し木していき、最後に残ったのが大陸の北に位置するヴァンドール王国だった。

「政変……ですか？」

聞きなれない言葉に首を傾《かし》げる。

「詳しい事情はわからないけど、前国王が病で倒れたあと、王太子ではない者が国王になったみたいだね」

次期国王と定められた者以外が国王になったとなれば、何か大きな事件や事故、もしくは簒奪《さんだつ》があったと考えてもおかしくない。

「それは大変ですね……」

「国が落ち着くまで時間がかかるから、しばらく挿し木しに行けないだろうね」

そんな話をしていたら、休憩地に着いた。

長距離を走ってくれた馬たちを休ませるため、わたしたちは馬車を降りる。

そして、グレン様と一緒に休憩地に設置してあった丸太でできた椅子に腰掛けた。

御者のおじさんと侍従たちが馬たちに水とリンゴを与えている。

そんな姿を眺めていたら、先行させていた騎士が慌てた様子で戻ってきた。

この騎士は、グレン様専属の騎士の一人で、次に向かう町まで先行してもらい、宿の手配や領主に対して先触れを出してもらったりしている。

いつもなら、次に向かう町の入り口で落ち合うのだけれど、どうしたんだろう?

不思議に思っていたら、騎士は馬から降りて、すごい勢いでグレン様の元まで走ってきた。

「何があった?」

グレン様は立ち上がり、神妙な面持ちで騎士に尋ねる。

「はぁはぁ……この先、土砂災害が起こっていて通れなくなっています!」

騎士は息を切らせながらそう告げる。

わたし専属のメイドであるジーナさんが気を利かせて、騎士にそっと水の入ったコップを差し出した。

騎士は汗をかきつつもニカッとした騎士らしい笑みを浮かべ、ジーナさんに向かって頭を下げると、受け取った水を一気に飲み干す。

そして、息を整えたあと続きを話し出した。

「土砂災害の規模は、馬上から街道の先が見えないほど崩れているようで判断ができませんでした。また、土砂災害の発生現場近くに家はなく、人的被害はありません」

「街道を通っていた人たちも大丈夫でしたか？」

わたしが尋ねると騎士はまたしてもニカッとした笑みを浮かべた。

「はい。全員、難を逃れて無事でした」

騎士の言葉に安心してほっと息を吐く。

「人的被害がなかったのはいいことだね」

グレン様はそう言うとアイテムボックスから、クロノワイズ王国の地図を取り出した。

そして近くにあった丸太で出来たテーブルの上に広げる。

「災害現場はどのあたりだ？」

「だいたいこのあたりです」

騎士が指したのは、わたしたちがいる休憩地から馬車で二時間ほどの場所で、この街道の難所と呼ばれている狭い山間だった。

「この場所で街道の先が見えないほどの範囲となると、俺の魔術で復旧は無理だな。トリスがいてくれたら、すぐに復旧できただろうけども……」

今回、セレスアーク聖国まで精霊樹の挿し木用の枝を運んでいた一行の中には、王立研究所でわたしと一緒にスキルの調査と研究を行っているトリス様も含まれていた。

しかし、トリス様はセレスアーク聖国に挿し木した精霊樹から現れた水の精霊ハルナークと契約を交わしたため、精霊樹が育つまでセレスアーク聖国から長期間離れられなくなっている。

今後はセレスアーク聖国に挿し木した精霊樹を通じて、クロノワイズ王国の王立研究所へ通う予定になっている。

「いない者を頼ってもしかたないね」

グレン様はそうつぶやくと、他の騎士や御者のおじさん、メイドなど同行しているすべての者たちを集めるよう指示を出す。

みんな集まったところで、グレン様は話し出した。

「聞いていた者もいるだろう。この先で土砂災害が起こった。すぐに復旧する見込みがないため、迂回《うかい》する」

同行しているみんなは、「土砂災害ならしかたない」「その場しのぎの復旧で二次災害が起こっても困るしな」「迂回するのは妥当だろう」などと言いつつ、うんうん頷《うなず》いている。

「この休憩地からだと、東側か西側へと続く街道が選べる。どちらの道に何があるか、知っている者がいたら教えてほしい」

グレン様はそう言うと、休憩地の東側に続いている道と西側に続いている道を交互に指さした。

猫姿の精霊を統べる王エレメント……エレがふわりと浮かび上がり、東西の街を見つめる。

『どちらの道も適度に整備されているようだぞ。馬車が通るのに問題なかろう』

道の様子を教えてくれた。

地図を見たかぎりだと、西側に続く道のほうが少しだけ遠回りかもしれない。

わたしは授業で習った程度のことしか知らないため黙っていたら、すっと騎士の一人が手を挙げた。

「以前、ここから東にある町へ行きましたが、道沿いには果樹園が多く存在していました」

「たしかリンゴが名産だと、知人に聞いた覚えがございます」

続いてメイドの一人が答える。

そこから東側の道に続く町の情報がいろいろと出てくる。

どうやらこのあたりで一番大きな町があるらしく、毎週決まった日に屋台が並ぶらしい。

「西側の話はないか？」

グレン様が問いかけると、御者のおじさんがおずおずといった感じで片手を顔の高さまで挙げた。

「あ、あの……実はここから西に行ったところにある村が故郷でして……」

御者のおじさんはみんなに注目されていることに気づいたようで、それ以上うまく話せず、おろおろとしている。

「故郷の村にはどんな食べ物があるんだ？」

グレン様が気を利かせて、質問すると御者のおじさんは突然、カッと目を見開いて話し始めた。

「う、う、うちの村は乳製品に力を入れていて、牛乳やチーズやヨーグルトの味がいいってめちゃくちゃ評判なんです！　村の牛乳をたっぷり使ったクリームシチューなんか、一度食べたら忘れられないくらいうまいんですよ！」

「そ、そうか」

御者のおじさんの変わりようにグレン様がとても驚いている。

「あとは村の女たちが作るスフレチーズケーキがふわっふわでうまくて！　あれは村でしか食べられないんですよ！　ぜひとも、みんなに食べてもらいたい！」

そこまで一気に話すと御者のおじさんはハッとした表情になり、またおろおろし始めた。

雰囲気が変わるほどオススメしてくるなんて、とても気になる。

「ふわっふわのスフレチーズケーキ……食べてみたいですね」

どれくらいふわふわしているのかな……？

想像しながらつぶやけば、すぐにグレン様が力強く頷いた。

「よし、西側の道を通ろう」

「え？　もしかして、わたしが食べたいと言ったから……？」

そう尋ねながらグレン様に視線を向けると、ニコッと微笑み返された。

「チェルシーが言ったからというのもあるけど、他の者たちも食べたいと思っているようだよ」

グレン様はそう言うと周囲に視線を向ける。

わたしも真似《まね》をして周囲に目を向ければ、騎士の一人は唇の端をぬぐっていたし、メイドの何人かは両手を組んでうっとりした表情をしていた。

「ミカは牛乳を使った料理が作りたいのよ～。楽しみなのよ～」

メイドたちのそばに立っている獣族の狐人《きつね》で、わたし専属の料理人であるミカさんがワクワクした表情で尻尾をぶんぶん振っている。

「あとは、あれだけの熱意でおすすめされれば、西側の道を通ろうという気にもなるよね」

グレン様はそう言うとおろおろしている御者のおじさんに視線を向けた。

わたしも納得してうんうんと頷いた。

こうしてわたしたちは、休憩地から西に続く街道を通って迂回することになった。

1. とツリーハウス

I'll Never Go Back to Bygone Days!

休憩地から西側に続く道を通り、御者のおじさんの故郷……イルナト村に向かう。

イルナト村は牛乳やチーズ、ヨーグルトに力を入れているというだけあって、村の周囲には牧草地が広がっており、あちこちで牛が放し飼いになっていた。

山のすそ野に広がる牧草地と放し飼いの牛というのんびりした景色を見ながら、馬車に揺られていると隣に座るグレン様の視線を感じて、振り返った。

「チェルシー……たぶん、いや、確実に今夜は野営になる」

グレン様は真剣な表情でわたしにそうつぶやく。

「それはわたしたちの人数がとても多いから……ですよね？」

そう問えば、グレン様はこくりと頷《うなず》いた。

セレスアーク聖国の大聖女を選定するための試練、それの見届け役を行うにあたって、クロノワイズ王国から多くのメイドや女性の護衛騎士を連れてきていた。

そこに精霊樹の挿し木用の枝を運んでくださったグレン様たちを足すと三十人を軽く超える。

そんな大人数が一般的な宿に突然押しかけても、部屋数が足りなかったり、準備が間に合わなかったりと簡単に受け入れることは難しい。

それを理解しているからこそ、わたしたちは次の町まで先行の騎士を送り、宿の確保や領主に先触れを送ったりしていた。

「聞いた話では、村の規模は小さいようだから、俺たち以外にも迂回《うかい》した者たちで宿はいっぱいになるだろう」

御者のおじさんの話では、イルナト村には大きな宿が一軒あるだけらしい。

何度か野営をしたことはあるし、男爵家の屋敷にいたころは硬い板の上で眠っていたから、特に問題はない。

ただ、同行しているメイドたちや、見張りをしなければならない騎士たちが大変かもしれない。

「しかたないですね」

そう言うと、グレン様はポケットからコインの形をした種を取り出して、わたしに見せた。

「野営になるなら、この種を使ってみようと思うんだ」

コインの形をした種の表面には家の絵が、裏面には大きな木の絵が描かれている。

「ツリーハウスの種を使うんですね」

わたしがそう言うと、グレン様は頷いた。

ツリーハウスの種は以前、グレン様から魔術を教わったお礼として生み出したもので、植えるとツリーハウスのついた木が生え、木の幹を一定のリズムで叩《たた》くと朽ち、肥料になるというもの。

「なかなか野営をする機会がなかったから、ちょうどいいかと思ってね」

クロノワイズ王国から国境門へ向かう道のりは、大きな街道を通っていたこともあり、各地の領主のお屋敷でお世話になったり、大きな町の宿に泊まったりしていた。

セレスアーク聖国内では、街道沿いに計画的に町が作られているようで、必ず宿に泊まることができていた。

そんな理由から、ツリーハウスの種を生み出してから今まで野営をする機会はなかった。

納得して頷いたけれど、ひとつ気になることがある。

「たしかそのツリーハウスの種は、寝具や家具、キッチンなどがないとてもシンプルなものだったと思います」

ツリーハウスの種を生み出し、試しに使ってみたときのことを思い出す。

ただ部屋があるだけで、物は何も置いていなかった。

「そうだね。家具や寝具はアイテムボックスがあるから持ち込めるからいいとして、キッチンは外に設置になるかな」

キッチンは外となると、簡易キッチンを設置するか、石を組み合わせてかまどを作ることになる。

それはそれで楽しそうだけれど、せっかくツリーハウスに泊まるのであれば……！

「もしよければ、寝具や家具、キッチンが備わった大型のツリーハウスの種を新たに生み出しませんか？」

わたしがそう言うと、グレン様が少年みたいにニヤッと笑った。

「いいね！　イルナト村に到着するまでに生み出しておいて、実際に野営をするときに、みんなを驚かせようか！」

驚いているみんなの姿を想像するだけで、とても楽しい気分になる。

わたしは何度もこくこくと頷いた。


「それじゃ、改良版のツリーハウスの種を考えよう。まずは、基となるツリーハウスの種の設計図って持ってるかな？」

「はい、預けてあるので、すぐに返してもらいますね」

グレン様の言葉に頷くと、わたしは左手首に着けている精霊樹で出来たブレスレットに視線を向ける。

このブレスレットは精霊界にあるわたし専用の保管庫とつながっていて、わたしが念じたりつぶやいたりすると、保管庫を管理している精霊たちがアイテムを預かってくれたり返してくれたりする。

また、精霊界にあるわたし専用の保管庫は時間が経過するため、長期間置いておくと腐るようなものは入れないでほしいと言われている。

ツリーハウスの種の設計図が描かれた紙を返してください。

そう念じるとふわりと目の前にひもで結ばれた筒状の紙が現れた。紐《ひも》をほどいて紙を広げ、グレン様と一緒に設計図を見つめる。

王立研究所の三階くらいの背丈の木で、高さの半分くらいの位置に階段とバルコニーのついた板張りの家があり、一代限りのもので合図とともに朽ちる……。

設計図にはそういった注釈とツリーハウスの絵が描かれていた。

「ここに描いていないけど、外見よりもツリーハウスの内部は広かったよね？」

グレン様がわたしに確認してくる。

「はい。エレが『我の目がおかしくなったのだろうか』ってとても驚いていました」

思い出しながらくすっと笑えば、グレン様も微笑《ほほえ》む。

「それを応用して、ツリーハウス一つで全員が泊まれるようにできないかな？」

「設計図を用意して、しっかり願えばできると思います」

わたしのスキル【種子生成】は願ったとおりの種子を生み出すというもの。

存在する種の場合、名前を思い浮かべるか口にすれば生み出すことができる。

存在しない種の場合、設計図を用意して、しっかり想像を固めることができれば、新たに生み出すことができる。

何度か存在しない種を設計図も想像を固めることもせずに生み出したことがあるのだけれど、なんだかよくわからない効果の種ができてしまい、なかったことにした……。

グレン様はアイテムボックスから紙とペンを取り出すと、ツリーハウスの内部について設計図を描き起こし始めた。

どうやら真上から見た部屋の図らしい。

「ツリーハウスの入り口を開けた場所は、食堂兼広間にして、全員が集まれる場所にしよう。もちろん食堂に隣接した場所にキッチンを用意する」

グレン様はそう言うと、食堂兼広間にはテーブルと椅子が複数あると注釈を書き込んでいく。

「キッチンには何が必要かな？」

主にキッチンを使うのは、わたし専属の料理人であるミカさんとお茶を淹《い》れてくれるメイドたちとなる。

「王立研究所のわたしの部屋の隣に用意してくださったキッチンと同じ設備があればいいと思います」

あのキッチンは、ミカさんとメイドたちが話し合って決めたものなので、同じ設備であれば、使いやすいはず。

そう思って伝えれば、グレン様は頷き、紙に書き込んでいく。

「人数が多いので、二階建てにしてもいいかもしれません」

「そうだね。では、一階にキッチンと食堂兼広間、それから浴場とトイレ、二階をすべて部屋という形にしよう」

キッチンの隣に階段を、その隣には男性用と女性用の浴場を、廊下を挟んで向かい側にトイレを複数描き込んでいく。二階には階段と廊下と部屋が並び、各部屋にはベッドとランプとちょっとしたクローゼットがある。

家というよりも宿のようなつくりの建物の図が出来ていく。

「ベッドは適度の硬さでふかふかの布団がほしいです」

試練の祠《ほこら》内の温泉宿を思い出しながらそう告げれば、注釈として書き込んでくれた。

「他に何が必要だろうか？」

グレン様と二人で書き上がった図を見つめる。

「ここがグレン様の部屋で、ここがわたしの部屋。こちら側にメイドと護衛の騎士たち。手前は侍従や御者の部屋ですよね……」

設計図を指さしながら考えているうちに気が付いた。

「馬車と馬は外に置きっぱなしでしょうか？」

宿であれば、馬車置き場があり、馬車の管理と馬の世話をしてもらえる。

野営の場合、御者と侍従が馬の世話をして、御者は馬車の御者席で見張りを兼ねて眠ることになる。

「馬車置き場と馬房を用意したら、御者も侍従も気兼ねなく休めるのではないでしょうか？」

わたしの問いにグレン様は頷く。

「たしかにあったほうがいいね。それならば、木の根元部分に馬車置き場と馬房を作るというのはどうかな？」

グレン様は新たな紙を用意すると、ツリーハウスの全体像を描いた。

木の根元に両開きの扉、中間に家のような建物、煙突のように上に伸びる木の幹、建物の入り口からぐるりと伸びる階段。

形はわかるのだけれど……。

「絵が下手なことは目をつむってほしい」

グレン様は恥ずかしそうにそう言いつつ、新たに描いたツリーハウスの全体像の木の根元を指す。

「この両開きの扉の中に、馬車置き場と馬房を作ったらいいんじゃないかな？　きっと、建物と同じように見た目よりも広いものになるだろうし」

「設計図に描き込んでおけば、そうなると思います」

うんうんと頷けば、グレン様は設計図に描き込む。

「すべての馬車を収納できれば、護《まも》らなければならないのはツリーハウスだけになって、見張りの数が減るし、騎士たちも休む時間が増える」

「馬房があれば、馬たちもしっかり休めますね」

この他に水場と餌場を用意することにした。

「他にはないですよね……？」

グレン様に尋ねれば、少し考える仕草をしたあとに、コクリと頷く。

「これで大丈夫だろう」

完成した設計図をじっと見つめる。

今回は設計図が三枚もあるため、念入りに想像していく。

宿みたいに人も馬もゆっくり休めるツリーハウス。

みんなが集まる部屋には大きなダイニングテーブル。

各自の部屋にはふかふかの布団……ランプは以前生み出したお花の形にしよう。

キッチンはミカさんが使いやすくて、喜ぶようなものがいい。

馬車置き場も広々していて、馬房は馬の数だけ必要……。

今までで一番長く設計図を見つめていたかもしれない。

想像すればするほど、楽しくなっていく。

「設計図のような快適なツリーハウスの種を生み出します――【種子生成】」

しっかり願いながらスキルを使えば、ぽんっという軽い音のあと、元のツリーハウスの種よりも一回りくらい大きいコインの形をした種が現れた。

表面には家と馬車、裏面には木と馬が描かれている。

生み出した種をグレン様に手渡すとすぐにじっと見つめて、【鑑定】スキルを使ってくれた。

「名前は宿タイプのツリーハウスの種。植えると根元に馬車置き場と馬房、幹に宿のようなツリーハウスのついた木が生える。木の幹を三三七拍子で叩くと朽ち、肥料になる。一代限りのもので、花は咲かない。実もできない。快適性を重視しており、どんな場所に植えても室内は適温……だそうだ」

グレン様はそう言うとニヤッと少年みたいな笑みを浮かべる。

「これは植えたあとのみんなの反応が楽しみだね」

「はい。とても楽しみです」

わたしはグレン様と一緒にふふっと微笑んだ。

+++

日が暮れる前にイルナト村の中心地に到着した。

イルナト村は、複数の牧場が合わさって出来ているそうで、牛が放牧されていた場所もイルナト村の中だったらしい。

中心地には飲食店や雑貨店、宿が密集していた。

グレン様に手を引かれながら馬車を降りると、先行していた騎士が近づいてきた。

騎士は敬礼をしたあと、グレン様に向かって報告する。

「申し訳ございません。宿はすべて満室でした」

予想どおりの言葉だったので、グレン様もわたしも驚かない。

わたしたちよりも少し先に別の馬車から降りていたメイドたちも、騎馬から降りた護衛の騎士たちも驚く様子がないので、みんなわかっていたのだろう。

「野営ですね？」

少しワクワクしながらグレン様に問えば、力強く頷いてくれた。


野営の場所を借りるために、グレン様と一緒にイルナト村の村長に挨拶に伺った。

「殿下と婚約者様がいらっしゃるとは思っておらず、客室を他の者に貸してしまいました。大変申し訳ございません！」

村長は挨拶をするといきなり謝ってきた。

どうやら宿が満室で困っている老夫婦や妊産婦に村長の家の客室を提供したらしい。

困っている人のために手を貸すことができるなんて、イルナト村の村長はいい人に違いない。

わたしたちは大所帯であること、野営の準備ができていること、村長は正しい行いをしているし謝罪はいらないことなどを伝えれば、村長は申し訳なさそうにしつつも、村の西にある森の近くを野営の場所として貸してくれた。

買い出しが終わったみんなと合流して、村の西はずれにある森の近くへと移動する。

到着するとすぐに騎士や侍従、メイドたちが野営の準備を始めようとした。

それをグレン様が声を掛けて止める。

「今回の野営は、チェルシーが生み出したツリーハウスの種を使って行う！」

グレン様の言葉に、ツリーハウスの種を生み出したときに同行していたミカさんと一部の護衛騎士たちから喜びの声が上がった。

それ以外のメイドや護衛騎士たちは、ツリーハウスの種がどんなものか知らないため、首を傾《かし》げたり、不思議そうな顔をしたりしている。

「種についての説明は、植えればわかるから省くとする」

グレン様は少年のようにニヤッと笑うとわたしに向かって頷いた。

わたしは馬車の中で生み出した宿タイプのツリーハウスの種を手に持ち、森に近く馬車や人から少し距離がある場所を選んで、種を地面に突き刺した。

不思議なことに、地面は硬いはずなのに種がすんなりと埋まっていく。

種が地面にすべて埋まるとすぐに、ぴょこんと芽が出てきた。

芽が出たことに安心してほっと息を吐くと、宿タイプのツリーハウスの種が一気に成長を始める。

勢いが良すぎて幹にぶつかりそうになり、後ろに倒れかかったところを精霊姿になったエレとグレン様に両腕で抱えられるような形で助けられた。

「すぐに離れねば、危なかろう」

「無事でよかったよ」

精霊姿のエレは呆《あき》れたような怒ったような声で言い、グレン様は苦笑いを浮かべる。

「ごめんなさい。助けてくださって、ありがとうございます」

二人に謝罪とお礼を言ったあと、育った宿タイプのツリーハウスに視線を向ける。

「とても大きいですね……」

以前生み出したツリーハウスは、王立研究所の三階くらいの高さのものだったけれど、宿タイプのツリーハウスは五階くらいの高さがある。

木の根元には、馬車が通れるほど大きな両開きの扉、扉の横には太い幹を囲うように伸びた幅広い階段、階段を上った先にはぐるりと一周できるバルコニー付きの家、家の屋根からはまるで傘のように枝葉が伸びている。

普通のツリーハウスは、木の上に家を建てるのだけれど、わたしが生み出した宿タイプのツリーハウスは、木そのものが家になっている。

「これってグレン様が描いた設計図の絵のとおりですね」

「まさかあの下手な絵、そのものになるとは思わなかったよ……」

グレン様はハハハという乾いた笑みを浮かべた。

周囲を見れば、護衛騎士もメイドも侍従も御者も、みんながみんな驚いた表情をしている。

「以前生み出した種とは違うようだが、どういうことだ？」

精霊姿のエレがわたしに向かって問いかける。

「野営になることを見越して、グレン様と一緒に馬車の中で、野営に適したツリーハウスの種を生み出していたの」

「なるほど……」

馬車での出来事をエレに教えると、納得したようでそのまま宿タイプのツリーハウスの近くまで飛んでいった。

そんな精霊姿のエレを見て、宿タイプのツリーハウスの存在に驚いて固まっていた騎士の一人がハッとした表情になった。

そしてグレン様に尋ねる。

「これを複数、植えるのでしょうか？」

「いいや、この一本だけで全員が泊まることができる」

グレン様はニヤッとした表情を浮かべたあと、木の根元まで行き、両開きの扉を開いた。

「一階は馬車置き場と馬房になっている」

扉の中は宿の馬車置き場と同じようにとても広くなっていて、右手奥には馬房がずらりと並んでいるのが見えた。

「見た目と中の広さが違う……！」

「これだけ広ければ、馬車の点検ができる！」

「馬たちをしっかり休ませてあげられます！」

御者たちと騎馬に乗っていた騎士たちが驚いたり、歓声を上げたりしている。

そんなみんなの姿を見て、わたしはとても楽しい気分になった。


御者や騎士たちが馬車と騎馬を移動させている間に、わたしとグレン様は階段を上り、木の中間……二階にあたる家に向かう。

家の扉を開けると、テーブルと椅子が並んだ広間が見えた。

「設計図どおりですね」

中に入ってグレン様にそう話しかけていると、あとから入ってきたミカさんが叫んだ。

「テーブルや椅子だけじゃなくて、キッチンもあるのよ～!?」

ミカさんは尻尾をはちきれんばかりに振りながら、キッチンに向かって走っていく。

「チェルシーちゃんのお部屋の隣のキッチンとまったく同じ造りなのよ～!?」

キッチンからまたしてもミカさんの叫び声が聞こえた。

ミカさんの反応が良すぎて、ついついクスッと笑ってしまう。

続いて家に入ってきた精霊姿のエレは、ふわふわと浮かびながらキッチンの隣にある階段から三階へ上っていった。

「ほほう、部屋が複数あるのか！」

エレはそう言うと、どこかの部屋の扉を開けたらしく、ガチャッという音がした。

「しかも、ベッドがあるだと!?」

そんな声を耳にしている間に、メイドたちが二階の奥にある浴場やトイレなどを見て、喜んでいるのが聞こえてきた。

「みんなとても喜んでいますね」

ふふっと微笑むと、隣にいるグレン様がみんなの反応に満足したようで満面の笑みを浮かべながら、頷いていた。


その日の夕食は、ミカさんがイルナト村特産の牛乳をたっぷり使って、クリームシチューを作ってくれた。

御者のおじさんの言っていたとおりに、クリームシチューは濃厚な味でとてもおいしかった。

「アイテムボックスにイルナト村特産牛乳をたっくさん買い込んでおいたから、王都に戻ってからもまた作るのよ～!」

ミカさんの持つアイテムボックスは時間停止の機能がついているので、新鮮なまま保管できる。

また食べられると思うととても嬉《うれ》しかった。

食後のデザートは、メイドたちが買っておいてくれたスフレチーズケーキを食べた。

「…………!」

あまりにもおいしくて言葉が出ない。

スフレチーズケーキは、表面はつつくとぷるんとしているのに、中はふわふわの軽い食感という不思議なもので、一緒にデザートを食べたメイドたちは「いくらでも食べられちゃう！」「もっとたくさん買えばよかった！」と言っていた。

土砂災害で街道が塞がってしまい、予定していた町に行けなくなったのは残念だったけれど、イルナト村でクリームシチューやスフレチーズケーキと出合えて、とても良かった。

＋＋＋

ツリーハウス内に用意した浴場のお風呂に入り、さっぱりしたあと、三階にある部屋へと向かう。わたしの部屋は三人部屋になっていて、ジーナさんとマーサさんと一緒に眠ることになっている。

王立研究所の宿舎にあるわたしの部屋のように、一人部屋にすることも可能だったのだけれど、ジーナさんとマーサさんと一緒のお部屋で過ごしたいとわがままを言った。

各地の領主のお屋敷では一人部屋に、宿に泊まるときはミカさんと二人部屋になる。二人と一緒の部屋で過ごす場合は、大部屋で他のメイドや女性の護衛騎士がいるときしかなかった。

「ジーナさんとマーサさんと同じ部屋で過ごしたいです」

こんな機会は滅多にないので、ぜひお願いしたいと頼み込むと、二人は驚いていたけれど、すぐに了承してくれた。

部屋に入って右側のベッドをジーナさんが、左側のベッドをマーサさんが、真ん中のベッドをわたしが使うことになった。

眠る準備を整えて、ベッドに潜り込む。

ジーナさんとマーサさんがベッドに横になったのを確認すると、わたしはまぶたを閉じた。

今日の出来事を振り返りながら眠気が来るのを待っていたのだけれど、なかなか来ない。

何度か寝返りを打っているとジーナさんの優しい声が聞こえてきた。

「眠れませんか？」

「はい」

三人一緒のお部屋な時点でワクワクしてしまったらしい……まったく、眠くならない。

「眠くなるまで、なにかお話ししましょう！」

今度はマーサさんの元気な声が聞こえてきた。

「それもいいですね」

わたしがそう答えると、ジーナさんとマーサさんがクスッと笑った。

「では……二人に聞いてみたいと思っていたことを尋ねてもいいですか？」

わたしの問いかけに二人が同時に「はい」と答える。

「お二人には婚約者や恋人はいますか？」

「「え!?」」

左右から同時に驚きの声が上がった。

王立研究所の宿舎で暮らすようになって三年、ずっと二人にはお世話になっている。

ジーナさんは子爵家の令嬢で、マーサさんは男爵家の令嬢。

年齢的には婚約者や恋人がいてもおかしくない。

恋人がいるなら応援したいし、婚約者がいるならこの先の……結婚の予定などを聞いておきたい。

「チェルシー様からそういった質問が出てくるとは思いませんでした」

ジーナさんからしみじみとした声が聞こえてきた。

「ちょっと驚きすぎて言葉に詰まりました」

マーサさんからは笑いを堪《こら》えるような声が聞こえてきた。

それからしばらくして、マーサさんから咳払《せきばら》いが聞こえてきた。

「では、私から答えます。私の家は兄弟姉妹が多いので、跡取りの長男以外、婚約者がいないんです。結婚したいなら、相手も持参金も自分で用意しろ……！　なんて、父からは言われているので、恋人を作る気も結婚する気もありません」

マーサさんはあっけらかんとした様子でそう答える。

兄弟姉妹が多いことは知っていた。

妹たちを無事に嫁がせるためにメイドになったという話を聞いたことがある。

自分のことよりも家族の……妹たちのためを思って行動できるマーサさんはとてもすてきだ。

いつか結婚したいと思う日がきたら、全力で応援したいな……。

一人で納得していたら、ジーナさんが静かな声で話し出した。

「次は、私の番ですね。私には一応……政略的なつながりの婚約者がおります」

なんとなくジーナさんの口調的に、婚約者に対していい感情を持っていない気がする。

そう思って尋ねてみた。

「ジーナさんは婚約者をお慕いしているのですか?」

「いいえ、まったくこれっぽっちも」

ジーナさんはきっぱりと言い切る。

やっぱり、好きではないんだ……。

「幼なじみでもあるのですが……幼い頃から、虫を投げつけられたり、転ばされたりしておりまして、正直苦手です」

大きなため息が聞こえるので、相当嫌な思いをしてきたに違いない。

「成人してからは、週に一度のお茶会も断られましたし、誕生日プレゼントもいただいておりません。どうしても婚約者を同伴しなければならないパーティにだけ出席しておりましたが、それ以外で顔を合わせていません」

「え!?」

「婚約者がいるって話は聞いていたけど、そこまでひどいなんて……」

ジーナさんの言葉にわたしは驚き、マーサさんは大きくため息をつく。

政略的な婚約の場合、初めからお互いに好意を抱いているということはあまりない。

好意を抱いていなくても将来的には結婚しなくてならないため、週に一度程度、ともにお茶をしたり、誕生日にプレゼントを贈り合ったり……良好な関係を築く努力が必要となる。

たとえお互いに好意を抱いていなかったとしても欠かしてはいけないと、礼儀作法の講師や養母のアリエル様、王妃様がおっしゃっていた。

「相手の令息は良好な関係を築こうと思っていないのですね……」

わたしがそうつぶやくと、ジーナさんはくすっと笑った。

「私も途中で努力するのを諦めてしまいました。だから、お互い様かもしれません」

ジーナさんが苦痛を感じていなければいいのだけれど……。


その後は、マーサさんの兄弟姉妹の話を聞いているうちにだんだん眠くなってきた。

欠伸《あくび》が出そうになったので、慌てて手で口をふさぐ。

「眠くなってきましたか？」

ジーナさんのささやくような声に「はい」と小さく答えた。

「では寝ましょう。おやすみなさいませ、チェルシー様」

「チェルシー様、おやすみなさい。良い夢を」

「おやすみなさい、ジーナさん、マーサさん」

左右からおやすみの挨拶をもらって、わたしはあっという間に眠りに落ちた。

2. 夢の中で

I'll Never Go Back to Bygone Days!

気が付いたら、霧のかかった森の中にいた。

「ここはどこ？」

なぜか思ったことがすぐに言葉に出てしまうし、普段とは違う声だった気がする。

首を傾《かし》げれば、なんだか動きもゆっくりしているような……？

「なんかおかしい……」

キョロキョロと周囲を見回しても霧のかかった森しか見えない。

上は厚い雲で覆われているし、下は……あれ？　普段よりも地面が近いし、手足が小さい。

頬を触ってみればぷにぷにしていて、手はふっくらしている。

「もしかして、子どもになってる？」

わたしの幼い頃とはだいぶ違うけれど、この感じはきっと子どもの姿になっているに違いない。

……ということは？

「これは夢……」

そうつぶやいたところで、わたしと同じくらいの背丈の子どもが走ってきた。

黒いフード付きのマフラーの隙間から赤い髪がちらっと見える子どもは、わたしに気づくとパッと嬉《うれ》しそうな表情になる。

「やっと……やっと、見つけた！」

「え？」

何と言われたのかわからず首を傾げる。

「ねえ、君の名前を教えて？」

「えっと、チェルシー」

こんな小さな子に話しかけられるのは初めてで戸惑ってしまう。

「ぼくの名前はシリルだよ」

シリルくんはそう言うとニヤッと笑った。

グレン様がときどきする少年のような笑みと似ていて、少しだけ気が緩む。

「一緒にあれで遊ぼう！」

シリルくんはそう言うと遠くを指さした。

すると指している方向の霧が晴れていき、枝の太いがっしりとした大きな木が見えた。

太い木の枝には頑丈そうなロープが二本ぶら下がっていて、その先には人が座れるくらいの板が括《くく》り付けられている。

「これは何？」

首を傾げたら、シリルくんは口をぽかんと開けた。

「え？　ブランコだよ！　知らないの!?」

十二歳になるまで虐げられながら男爵家の屋敷で暮らしていて、敷地の外に出してもらったこともなければ、遊んだこともない。

スキルを授かってからは王立研究所で特別研究員として暮らしているので、こういった遊ぶ道具に触れたことがない。

「どうやって遊ぶの？」

もう一度、首を傾げれば、シリルくんはハッとした表情になった。

「知らないなら、教えてあげる」

シリルくんはそう言うと、わたしの手を摑《つか》み、ブランコに向かって歩き出す。

こんな風に強引に手を引かれることはあまりないので、転びそうになりながらついていく。

ブランコの前まで来ると、シリルくんはロープを持ってわたしに近づけた。

「まずはロープをしっかり握りながら、間の板に座って」

シリルくんに言われるまま、左右一本ずつロープをぎゅっと握り、板の部分に座る。

「座ったら、足を浮かせて」

おそるおそる足を浮かせると、シリルくんはわたしの背中をゆっくり押した。

「!?」

初めて味わう感覚に驚きすぎて声にならない声が出る。

「大丈夫、怖くないよ」

シリルくんの優しい声を聞きながら、ゆらゆら揺れて……とても不思議な感じがする。

そして、だんだん揺れが大きくなっていくと、シリルくんはそっと離れた。

「足を使って、自分で揺れを大きくするんだよ」

「ど、どうやって使うの!?」

「えっと……前にやったり後ろにやったり？」

よくわからないまま、足を前後に動かしていると、なんとなくだけれど、揺れを大きくしたり小さくしたりできることがわかった。

「何だろう、すごく楽しい！」

揺れるのが楽しくて笑いながらそう言えば、シリルくんも同じように笑った。

「他にも面白い遊具があるんだ！」

ひとしきりブランコで遊んだあと、シリルくんは別の方向を指す。

指した方向の霧が晴れるとまたしても見たことのない遊具が現れる。

一つは階段と手すりのついた坂道のようなもので、もう一つは細長い板の真ん中に支えのようなものがある。

「こっちは滑り台で、こっちはシーソー」

シリルくんはそう言うと先に歩き出し、わたしを手招く。

「使い方を教えるから、おいでー！」

「うん」

わたしは笑いながら頷《うなず》くと、夢の中でシリルくんと遊び続けることになった。

＋＋＋

宿タイプのツリーハウスに泊まった翌日の昼過ぎ、いくら声を掛けてもチェルシーが起きないと、チェルシー専属のメイドであるジーナとマーサから報告を受けた。

いつも早起きなチェルシーが昼過ぎまで寝ているとは珍しい。

クロノワイズ王国に戻ってきたことで、緊張が抜けて一気に疲れが出た可能性もある。

疲れているだけなら、このまま寝かせておいてあげたいと思うのだが……なぜか嫌な予感がする。

「すぐに確認したほうがいい気がするのよ～」

夕食の下ごしらえをしていたミカが手を止めて、こちらにやってきた。

『うむ、ミカの言うとおりだ。今すぐ様子を見に行くべきだろう』

猫姿のエレもやってくるあたり、みんな何かを感じ取っているらしい。

ミカとエレの言葉に頷いたあと、メイドたちとともに部屋に向かう。

部屋に入れば、チェルシーはすやすやと眠っていた。

『一見するとぐっすり眠っているようだが……』

「とりあえず【鑑定】してみよう」

俺はそう言うと【鑑定】スキルを発動させた。

鑑定結果は状態：睡眠という表示になっていた。

「眠っているだけで、特に異常はないみたいだな……チェルシー？」

試しに声を掛けてみたけど、身じろぎすらしない。

「少し揺すってみてもいいだろうか？」

婚約者だけど、眠っている女性に触れるのだから、周囲に確認すべきだろう。

そう思ってメイドたちに一言告げる。

ジーナがコクリと頷いたのを確認したあと、チェルシーの肩に触れ、揺すってみた。

まったく起きる気配がない。

眠り続ける呪いを受けた場合や眠り薬をかがされたり飲まされたりして眠っている場合、鑑定結果に状態異常としてなんらかの表示が出るのだが、今回はそのような文字はない。

これはおかしい。

「もう少し深く【鑑定】してみるよ」

賢者級の【鑑定】スキルを駆使して、チェルシーの状態を確認する。

ごっそりと魔力が持っていかれる感覚とともに、鑑定結果が現れた。

状態：睡眠……ナイトメアの作った夢に閉じ込められた状態。外部からの干渉は一切受け付けない。

結果を読み上げれば、エレから驚きの声が上がった。

『ナイトメアとはなんだ？　生き物か？』

この世界の創世から生きているエレがナイトメアを知らない？

なんだか腑《ふ》に落ちない。

「ナイトメアについて、さらに詳細に【鑑定】してみるから、少し待ってくれ」

エレに一言そう告げたあと、鑑定結果に対して、さらに詳細表示をする。

またごっそりと魔力が持っていかれる感覚があった。

ふらつきそうになるのをぐっと堪《こら》えていると、結果が見えてきた。

「ナイトメアとは、ここことは違う世界の住人で、生まれた世界とは別の世界に召喚され契約を遂行することを存在意義としている。召喚方法は夢を通じて伝えられ、契約内容は一定ではない。能力としては、夢に干渉することや悪夢や白昼夢を見せることができる……だそうだ」

前世の知識にあるナイトメアと似ているようだが、まったく同じというわけではなさそうだ。

そんなことを考えていたら、ミカがチェルシーの顔を覗《のぞ》き込んだ。

チェルシーはすやすやと眠っていて、苦悶《くもん》の表情など一切ない。

「悪夢を見ているようには見えないのよ～？」

「チェルシーは痛みや苦しみに対して鈍いから、悪夢を見ていたとしても表情に出ない可能性がある」

男爵家で虐げられながら暮らしていた影響で、チェルシーは魔力枯渇寸前に起こる苦しみを感じられず、何度も魔力切れを起こして倒れている。

『あまり気は進まぬが、我の力で強制的に起こしてみるか？』

猫姿のエレはそう言うと、体に雷をまとわせた。

まさか、電気ショックで起こすというのか!?

「待て！　乱暴な方法で起こして、チェルシーの身に悪影響を及ぼしたらどうするんだ！」

語気を強くして言うと、猫姿のエレはすぐに雷をひっ込めた。

『……たしかにチェルシー様の御身に何かあっては困る。だがしかし、このままにしておくわけにはいくまい』

雷をまとった猫姿のエレを見たからか、ジーナとマーサはおびえた表情をしている。

「どうしたらいいのよ～？」

ミカが耳を反らせて、悲しげにつぶやいている。

チェルシーが眠り始めて半日程度……まだ時間には猶予があるはずだ。

どうにかして、エレの雷以外で起こす方法を考えなくては……！

「チェルシー……」

もう一度声を掛けたが、やはりチェルシーはぐっすり眠っているようで身じろぎ一つしなかった。

＋＋＋

滑り台を何度も滑り、そのあとは二人でシーソーに乗った。

夢の中なのに、浮遊感があって、とても楽しい。

跳ね上がるたびに普段とは違う甲高い声で笑った。

ひとしきりシーソーで遊んだあと、遠くから男の人の声で名前を呼ばれた気がして振り返った。

「あれ？」

周囲を見回したけれど、わたしとシリルくんしかいない。

「気のせいかな……？」

そうつぶやいたら、お腹《なか》がくうと鳴った。

「お腹空《す》いた……夢の中でもお腹って空くんだね」

シーソーを降りたあと、両手でお腹を押さえながら言うと、シリルくんは目を見開いて驚いていた。

「いつから夢だって気づいてたの？」

「子どもの姿だと思ったときから……かな」

「それって最初からじゃないか……」

幼い頃から虐げられながら暮らしていたため、わたしはとても痩せた子どもだった。

ふっくらした子どもらしい体つきだったことは一度もなかったから、すぐに夢だと思った。

そう伝えれば、シリルくんはなんとも言えない表情になった。

「だから、ブランコも滑り台もシーソーも知らなかったんだ」

「うん。初めて遊んだのだけれど、どれもとても楽しかったよ」

微笑《ほほえ》みながらそう告げれば、シリルくんは少し考えるような仕草をしたあと言った。

「ここはぼくが作った夢の中で、君自身はどこかで眠ってる」

グレン様と一緒に考えて生み出した宿タイプのツリーハウスの一室でわたしは眠っているはず。

眠る前はジーナさんとマーサさんと一緒におしゃべりしていた……。

「夢だってわかってるなら、もっといっぱい遊ぼうよ」

シリルくんはそう言うと、わたしの手を摑み、歩き出そうとする。

けれど、わたしは動かなかった。

「お腹が空くくらいたくさん遊んだし、そろそろ起きる時間じゃないかな？」

そう尋ねると、シリルくんの動きがピタッと止まった。そして、ぶんぶんと頭を振る。

「まだ早いよ！　もっとたくさん遊ばないと……！」

なんだかシリルくんの様子がおかしい気がする。

「どうしてそこまで遊びたいの？」

首を傾げながら尋ねると、シリルくんは掴んでいた手を離した。

「……遊んでいたら、君がどんな人かわかるかなって」

「けっこうたくさん遊んだけれど、わたしがどんな人か、わかった？」

「一緒に遊んだらすごく楽しい人だってことはわかったんだけど、それだけで……」

シリルくんはそう言うと、しょんぼりと肩を落とした。

「それなら、他の人にわたしがどんな人か聞いてみるのはどうかな？」

またしても思ったことがすぐに声となって出てしまう。

慌てて手で口を押さえたけれど、シリルくんはまったく気にした様子はなく、考えるようなそぶりをし始めた。

しばらく考え込んだあと、シリルくんはうんうんと何度も頷く。

「それもそうか……じゃあ、他の人も呼ぼう」

「どうやって？」

わたしが尋ねるとシリルくんは、ニヤッと笑った。

「こうやるんだよ」

シリルくんは少し離れた地面に向かって何かを投げるような動作をした。

するとぼふんっと煙が湧いて、中から橙《だいだい》色の髪の間から大きなふわふわの狐《きつね》耳を生やしたかわいい女の子が現れた。

「こ、ここはどこなのよ～？」

狐耳の女の子は、大きなふわふわの狐耳を反らし、ふさふさの尻尾をピンと立てて、とても驚いている。

「君の本体の近くにいる人を眠らせて、ぼくの作った夢の中に来てもらったよ」

「さっきまでチェルシーちゃんの様子を見てたはずなのよ～!?」

聞きなれた口調とわたしの名前を呼んでいるところから、狐耳の女の子は子ども姿のミカさんだとわかった。

シリルくんはまた、ミカさんがいるところとは違う地面に向かって、何かを投げるような動作をした。

ぼふんっと煙が湧いて、中から天使みたいにかわいらしい男の子が現れた。

夜のような濃紺色の髪に、大きくて吸い込まれそうな水色の瞳。

すぐにグレン様だとわかった。

「男の子なのよ～？　なんだか知ってるような気がするのよ～」

子ども姿のミカさんがそう言うと、子ども姿のグレン様は一歩下がった。

そして周囲を警戒し始める。

声を掛ければ届きそうな距離にいるのに、わたしとシリルくんには気づいていないらしい。

「もしかして、わたしたちが見えてないのかな？」

そう口にすれば、シリルくんが頷いた。

「向こうからは霧で見えなくしてあるよ。とりあえず、二人呼べば十分だよね。じゃあ、周囲の霧を晴らすよ」

シリルくんはそう言うと指をくるくると回した。

ミカさんとグレン様の様子がすぐに変わっていく。

「今度は赤い髪の男の子と薄桃色の髪の女の子が現れたのよ～？」

ミカさんはそう言うと、ふさふさの尻尾を揺らしながら、わたしとシリルくんのすぐそばまで歩いてくる。

子ども姿のグレン様は警戒を強めたようで、睨《にら》むようにじっとこちらを見つめていた。

「雰囲気がチェルシーちゃんにそっくりな子どもなのよ～？」

子ども姿のミカさんが首を傾げると、同時に大きなお耳がピコピコ動いて、とてもかわいい。

ふさふさの尻尾も揺れていて、手を伸ばしたくなってしまう。

「……チェルシーなのか？」

ミカさんの様子に見入っている間に、子ども姿のグレン様も近づいてきた。

子どもらしい甲高い声で話すグレン様は、眉間にしわが寄っていても本当にかわいらしい。

「はい」

こくりと頷けば、グレン様はじっとわたしの頭上を見つめたあと、驚きの声を上げた。

「【鑑定】スキルが使えない……!?」

「ここはぼくが作った夢の中だから、スキルと魔術は使えないよ」

わたしの隣に立っているシリルくんが子ども姿のグレン様に向かってそう告げる。

グレン様はハッとした表情になると、シリルくんを見つめた。

「夢の中……つまりおまえは、チェルシーを夢の中に閉じ込めているナイトメアだな……って、なんで思ったことがすぐに声になって出てくるんだ……!?」

「ぼくが作った夢の中だから、子どもはウソがつけなくて、思ったことはすぐに話すように設定してあるんだよ」

シリルくんはそう告げるとニヤッと笑った。

「……ということは、ここにいるチェルシーは本物ということだな」

グレン様はホッとした表情になると、わたしとシリルくんの間に割って入り、両手を広げてシリルくんからわたしが見えないように隠した。

と言っても、子ども姿のグレン様とわたしの背の高さはあまり変わらないため、肩越しにシリルくんの姿が見える。

さらにミカさんがささささっと回り込んできて、わたしをかばうように抱きしめた。

「本物のチェルシーちゃんなら、守るのよ～」

どうやら、子ども姿のグレン様とミカさんはわたしが本物だとわかったことで、シリルくんから守ろうとしているらしい。

「君たちはチェルシーのこと、よく知ってるんだよね？」

どうしてグレン様とミカさんがわたしを守ろうとしているのか尋ねる前に、シリルくんが話し始めた。

グレン様の肩越しから、シリルくんを覗き見ると、ムッとした表情になっている。

突然、シリルくんとわたしの間にグレン様が割って入ったのだから、ムッとしてもしかたない。

「どんな子なのか教えて？」

シリルくんは口を尖《とが》らせ、わたしを指しながらそう尋ねた。

しばらく無言が続いたあと、グレン様はゆっくりと答える。

「チェルシーを夢の中に閉じ込めているやつに教えてやる義理はない」

ミカさんはグレン様の言葉にうんうんと頷き、わたしをぎゅっと抱きしめた。

「……まあ、大事な人のことは簡単に教えないよね……」

シリルくんはわたしたちの様子を見ると、尖らせていた口を戻し、納得したように頷いた。

「それだったら、こうしよう！」

シリルくんがパンッと手を叩《たた》くと、周囲の景色が、霧のかかった森から木の板で出来た壁に囲まれた場所へと変わっていく。

空は桃色になり、変わった形の雲がたくさん浮いている。

急に景色が変わったけれど、夢の中だとわかっているので、そこまで驚きはしない。

グレン様はシリルくんを睨み続けている。

「ここはぼくが作った迷路のひとつなんだ」

「迷路……？」

何のことかわからず首を傾げれば、シリルくんは悩むようなそぶりを見せつつ、わたしに視線を向ける。

「えっと、なんて言えばいいかな……複雑な道を迷いながら目的地に向かう遊び……？　とりあえず、やってみればわかるよ！」

ブランコも滑り台もシーソーも見ただけでは遊び方がわからなかった。

実際に触れることで遊び方を覚えた。

きっと、迷路もやってみれば、どんなものかわかるに違いない。

「迷路は全部で四つ。展望台を中心にして東西南北に分かれているよ」

シリルくんはそう言うと、わたしたちの後ろを指した。

「あれが展望台ね。ここは展望台の西側にある木の迷路」

振り返るとそこには、王立研究所の三階くらいの高さのある丸くて広い建物があった。

展望台と言うにはちょっと広い気がする……。

「各迷路のゴールにスタンプが置いてあるから、この紙にスタンプを四つ押してきて」

シリルくんはそう言うとポケットから一枚の紙を取り出して、わたしたちに見せた。

すると、ずっと黙っていたグレン様がシリルくんを睨みながら尋ねる。

「なぜ、そんなことをしなければならない……！」

シリルくんはニヤッと笑いながら告げた。

「ぼくはどうしても、チェルシーがどんな子か知りたいんだ。君たちに尋ねたけど、教えてくれないから……他の子と遊んでいる様子を見て、どんな子なのか知ろうと思うんだ！」

シリルくんは名案とばかりに、自分の言葉に何度も頷く。

「四つの迷路を全部クリアできたら、夢から出してあげるよ」

「本当に出してくれるのよ～？」

シリルくんは強く頷く。

「ぼくはチェルシーがどんな子か知りたい……どうしても知らないといけないんだ。どんな解き方をしたっていい。他の子と遊んでいるチェルシーの様子を見せて！」

シリルくんはそう言うと、パッと姿を消した。

シリルくんが消えると警戒が解けたようで、わたしをかばうように抱きしめていたミカさんの腕が緩んだ。

するりと抜け出すと、わたしはシリルくんが落としていったスタンプを押すための紙を拾う。

紙には上下左右に大きな円が四つ描かれていた。

きっとこの円の中にスタンプを押すのだろう。

そういえば……先ほど聞こうとしていたことを思い出し、わたしはくるりと振り返り、グレン様とミカさんに視線を向ける。

「どうしてグレン様とミカさんはわたしを守ろうとしたんですか？」

シリルくんとは、夢の中で一緒に遊んでいただけで、何も悪いことはされていない。

不思議に思って尋ねれば、グレン様がきょとんとした顔をしていた。

「チェルシーはここが夢の中だってことはわかっているんだよね？」

「はい。シリルくんが作った夢の中だって言っていました」

こくりと頷けば、グレン様は顎に手を当てて悩ましそうにしつつも説明し始めた。

「昼を過ぎてもチェルシーが起きないって、メイドから相談を受けてね……」

どうやら、ジーナさんとマーサさんがいくら声を掛けても揺すってもわたしが起きなかったため、グレン様に様子を確認してほしいと頼んだらしい。

「眠っているチェルシーのことを【鑑定】したら、悪夢を見せる能力を持つナイトメアによって、夢の中に閉じ込められているという結果が出たんだ」

長時間遊んだあとに、さらに遊ぼうと誘われた。

それは夢の中から出さないように……閉じ込めるためだったのかもしれない。

「あの子どもの反応から、ナイトメアであることは間違いない。これ以上あの子どもと一緒にいたら、チェルシーに何があるかわからない」

グレン様の言葉にミカさんも頷いている。

どうして、グレン様とミカさんがわたしを守ろうとしたのかは理解できたのだけれど、引っかかっていることがある。

「もっと遊ぼうって誘われたので、夢から出ないように、夢の中に閉じ込めようとしていたのはわかるのですが……わたし、悪夢は見ていないんです」

シリルくんは初めて見る遊具の使い方を教えてくれたり、一緒に楽しく遊んだりしてくれた。

痛い目にもひどい目にも遭っていないし、怖いものを見せられたりもしていない。

どう考えても悪夢ではなかったので、納得できない。

「言われてみればそうなのよ～。寝ているときも苦しそうな表情はしてなかったのよ～」

「たしかに……」

ミカさんとグレン様が不思議そうに首を傾げる。

二人とも子ども姿なので、なんだか微笑ましい。

「どうして悪夢を見せていないのかは、次にシリルくんが現れたときに聞いてみるというのはどうでしょうか？」

そう問えば、グレン様とミカさんは同時に頷いた。

「答えてくれるかわからないが、そうしようか。では、今からすべきことは……」

「夢から出るために迷路をクリアするのよ〜！」

グレン様の言葉にミカさんがかぶせるように叫んだ。

3. 四つの迷路

I'll Never Go Back to Bygone Days!

ひとまず、展望台の西にある木の迷路をクリアするため、わたしたちはスタンプのある場所を目指して歩いていたのだけれど……。

「ここはさっき通ったところじゃないかな？」

「また行き止まりですね」

「なんだか同じ場所をぐるぐるしてる気がするのよ～」

わたしたちは迷子になっていた。

夢の中だからか、木で出来た壁の木目がすべて同じに見えるため、わたしたちは進んでいるのか戻っているのか、そもそもここはどこなのか、まったくわからなくなっていた。

空の色もずっと桃色で雲も流れないため、時間がどれくらい経《た》ったのかもわからない。

しばらくするとミカさんがその場にへたり込んで叫んだ。

「目印をつけたいのよ～！」

「たしかに、目印をつけることができれば、進みやすくなるんだけどね……」

ミカさんとグレン様はそう言うと、空中に向かって手を入れたり出したりしたあと、ため息をついた。

「アイテムボックスも使えないから、なにも取り出せないのよ～」

二人は時間停止機能のついたアイテムボックスが使える。

夢の中でも使えるかどうか試してみたけれど、できなかったらしい。

わたしも左手首に着けている精霊樹でできたブレスレットを通じて精霊界に預けてあるものを取り出そうとしたけれど、できなかった。

預けてあるものを取り出すことはできなくても、普段持ち歩いているものなら使えるかもしれない。

「そういえば、ペン型の魔道具を持っています」

わたしは成人の祝いとして家族からもらったどこにでも書けるペン型の魔道具をいつも持ち歩いている。

胸元からペン型の魔道具を取り出して、一番近い木でできた壁に大きく丸を描いた。

「目印をつけることができました。これでここが通った場所だとわかりますね」

わたしが微笑《ほほえ》みながらそう言うと、グレン様とミカさんの目が大きく見開かれた。

「な、なんでペンを持っているのよ～？」

「ここは夢の中だろう？　現実にあるものがどうしてここにあるんだ？」

「あれ？　どうしてでしょう？」

グレン様の瞳と同じ水色のペン型の魔道具をまじまじと見つめたけれど、いつも持ち歩いているものに違いない。

理由がわからないため、三人そろって首を傾《かし》げた。

グレン様はう～んと唸《うな》ったあと、じっとペン型の魔道具を見つめて、ため息をついた。

もしかしたら、いつものくせで【鑑定】スキルを使おうとしたのかもしれない。

「ペンを借りてもいいかな?」

「はい」

ペン型の魔道具を渡すと、グレン様は木の壁に星を描き、すぐにわたしに返す。

「チェルシーにしか使えないってわけではなさそうだね」

「不思議なのよ～。でも、これで目印がつけられるのよ～」

どうしてペン型の魔道具が使えるのかはわからないけれど、これがあれば迷路を進むのが楽になる。

わたしたちはいったん考えるのはやめて、迷路を進むことにした。

グレン様が木の壁に描いた星を開始地点として進んでいき、分かれ道になると進む先の木の壁に丸を描き込んでいく。

描き込んだ道を進んでいって行き止まりにぶつかれば、分かれ道まで戻って先ほど描いた丸の上にバツを重ねる。

それを何度も何度も繰り返して、歩き疲れたと感じたところで、ようやくスタンプのある部屋にたどり着いた。

「やっと着いたのよ～！」

ミカさんが両手を挙げてスタンプの元まで駆けていく。

しっぽが揺れていてとてもかわいい。

スタンプは木製の台の上に置いてあった。

紙の左の円に一つ目のスタンプを押せば、大木の絵だった。

「一つ目が終わったね」

グレン様がそう言うのとほぼ同時に、どこからかパンッと手を叩《たた》く音がした。

すると周囲の景色がスタンプのある部屋から手すりで囲われた広い場所へと変わっていく。

どうやらここは展望台の上らしい。

「一つ目の迷路、クリアおめでとう！」

声のしたほうへ視線を向ければ、わたしたちから数歩離れた場所……展望台の中央にある台の上にシリルくんが立っていた。

グレン様はまた、シリルくんの前に立ちはだかった。ミカさんもまた、わたしをかばうように抱きしめる。

「おまえは……悪夢を見せる能力を持つナイトメアなんだよな？」

グレン様は見定めるようにじっとシリルくんを見つめる。

シリルくんはと言えば、聞かれると思っていなかったようできょとんとした表情になった。

それからしばらく考えるような仕草をしたあと、答える。

「たしかにぼくはナイトメアだし、悪夢を見せる能力を持ってはいるけど……別に悪夢しか見せないわけじゃないよ」

シリルくんの表情から、ウソをついているようには見えない。

「どういうことなのよ～？」

ミカさんがわたしを抱きしめながら尋ねる。

「えっと……ナイトメアの作った夢の中は、何も物がない部屋みたいなものでね……」

シリルくんはそう言うと近くの地面を指した。

すると突然、テーブルと椅子が現れた。

さらにテーブルの上に、湯気の立つ紅茶とクッキーの載ったお皿、花瓶に生けられた花、椅子の上にはクマのぬいぐるみと次々と現れる。

「こんなふうに想像してひとつひとつ物を作って配置していくんだ。好きな物とか面白いものだったら、簡単に想像できて配置できるんだけど……苦手な物とかつまらないものを想像して配置するのは、めんどくさいっていうか、苦痛っていうか……」

「もしかして、シリルくんは悪夢が苦手……?」

わたしが尋ねるとシリルくんは苦笑いを浮かべながら頷《うなず》いた。

「ぼくは……死体を並べるくらいなら、かわいいぬいぐるみを並べたい。落とし穴を作るくらいなら、花畑にしたい。追いかけまわして恐怖を与えるくらいなら、一緒に遊びたい」

シリルくんがそう言うと、テーブルと椅子がパッと消えた。

想像することで夢の中に物を生み出す。

それはわたしのスキル【種子生成】と少し似ている気がする。

納得していたら、グレン様がハッとした表情になった。

「もしかして、チェルシーがペン型の魔道具を使うことができたのも、いつも持ち歩いていると思い込み……つまり想像できたからか?」

「そうだよ、よくわかったね」

シリルくんは嬉《うれ》しそうに頷く。

「ここはぼくが作った夢の中だから、ぼくの想像が優先されるけど、きみたちの想像も効果があるってことだよ」

「なんとなくわかったのよ〜」

ミカさんはそう言うと、手のひらをじっと見つめた。

すると手のひらに真っ赤なリンゴが現れる。

「こういうことなのよ～」

ミカさんは想像で作ったリンゴを掲げると、尻尾をぶんぶん振った。

「すぐできるなんて、きみもすごいんだね！」

「きみじゃないのよ～。ミカって名前があるのよ～」

ミカさんはわたしを抱きしめるのをやめると、シリルくんの前へ移動する。

そしてその場でくるりと回って、ニコッと微笑んだ。

シリルくんはミカさんの動きに驚いて、瞬《まばた》きを繰り返している。

「……今の、何？」

「獣族の挨拶なのよ～」

シリルくんはミカさんの動きを真似《まね》て、その場でくるりと回る。

「こう？」

「ばっちりなのよ～」

ミカさんの言葉にシリルくんは嬉しそうに笑った。

二人の様子を微笑ましいと思って眺めていたら、シリルくんがハッとした表情になった。

「と、とりあえず、あと三カ所あるから、がんばって集めてきてね！」

シリルくんは恥ずかしそうにしながらそう言うとパッと姿を消した。

「シリルくんいなくなっちゃったのよ～……どこなのよ～？」

ミカさんはしょんぼりと肩を落としたまま、展望台の上をうろうろと歩き回っている。

どう声を掛けるか迷っていたら、ミカさんが突然走り出した。

「すごいのよ～！」

そして展望台の端に立ち、外側を眺めながら歓声を上げる。

「何でしょう？」

「行ってみようか」

グレン様と二人で首を傾げながら、ミカさんに近づき、展望台の端から外を眺めれば、ひまわり畑が広がっているのが見えた。

「うわぁ……きれいですね。もしかして、ひまわりでできた迷路でしょうか？」

わたしがつぶやくと、グレン様が頷く。

「そうみたいだね」

ひまわり畑の右側には木の板で出来た迷路が見えた。

「あっちはさっきまでいた西にある木の迷路だろう。ということは、ひまわり畑の名前は、南のひまわりの迷路ってところかな」

シリルくんの言葉を思い出しつつ、グレン様に頷く。

ひまわり畑の左側……東側はまるで夜のように真っ暗だった。

「真っ暗な迷路……？」

「きっと、暗闇の中を進む迷路じゃないかな。壁伝いに進んだり、小さな明かりや音、風の流れなんかを頼りに進んだり……行ってみないとわからないね」

真っ暗な中を歩くことを想像してみた。

きっと周囲の物にぶつかってしまうに違いない。

「とても難しそうです……」

「残りは何の迷路なのよ～？」

わたしとグレン様の会話を聞いていたミカさんが首を傾げる。

三人で真後ろ……ひまわり畑とは反対の北側にあったのは、氷の壁でできた迷路だった。

「寒そうなのよ～!?」

「わたしたちの服装では、凍えてしまいそうですね」

そうつぶやくと、グレン様は顎に手を当てた。

「凍えたあとに他の迷路を回るのはつらいだろうから、氷の迷路は最後に行くことにしようか」

「賛成なのよ～！」

ミカさんがホッとした様子で肩を撫《な》でおろした。

「では次に行くのは、ひまわりと暗闇、どちらにしましょう？」

わたしが首を傾げながら二人に尋ねると、子ども姿のグレン様がニヤッと笑った。

「試してみたいことがあるから、次はひまわりの迷路でもいいかな？」

「はい、かまいません」

「いいのよ～」

グレン様の言葉にわたしとミカさんは頷いた。


いざ、ひまわりの迷路へ向かおうとしたのだけれど……。

「どうやって迷路へ行くのよ～？」

周囲を見回しても、下に降りるための階段が見当たらない。

展望台の高さは王立研究所の三階くらいなので、飛び降りるわけにもいかない。

「外付け階段でもあるのか？」

グレン様の言葉を受けて、展望台の手すりに沿ってぐるりと一周したけれど、何もなかった。

三人で頭を悩ませていると、ふと展望台の中央にある台の下に視線が向いた。

「台の下に穴が開いていませんか？」

わたしの言葉に、グレン様とミカさんが視線を向ける。

「ホントなのよ～」

近づいてみれば、穴の先はらせん状の滑り台になっていて、下につながっているように見える。

「この滑り台を使って下まで降りるのか」

グレン様は感心したようにそうつぶやいた。

滑り台は上半分がガラスのようなもので覆われた筒状で、滑っている途中で飛び出して落ちないようになっているらしい。

「安全確認を兼ねて、俺が先に滑るよ」

グレン様はそう言うと止める間もなくらせん状の滑り台を滑り降りていった。

しばらくすると下のほうからグレン様の声が聞こえてくる。

「問題なく滑れたから、二人も降りてきてくれ」

「わかったのよ〜」

グレン様の言葉に、ミカさんがとても大きな声で応えた。

「ではミカさん、先にどうぞ」

ミカさんが首を横に振る。

「チェルシーちゃんが先に滑って、殿下と合流したほうがいいのよ〜。もし最後に滑ったら、あの男の子に連れ去られちゃうかもしれないのよ〜」

どうやらミカさんはわたしの身の安全を考えてくれたらしい。

「わかりました。先に滑りますね」

こくりと頷いたあと、わたしは滑り台を滑り始めた。

「シリルくんはわたしを連れ去ったりしないと思うのだけれど……」

わたしのつぶやきは、滑っている間に消えていく。

展望台の滑り台は、中心から外側に向かって大きくらせんを描いたあと、まっすぐに中心に戻るように作られていた。

シリルくんと一緒に滑った滑り台よりも、とても長い時間滑っていくのでとても楽しい。

満ち足りた気分で滑り降りると、グレン様が立っていた。

「ケガとかしてないよね？」

グレン様はわたしの頭からつま先まで見て、怪我《けが》がないのを確認するとほっとした表情になった。

きっと、現実では【鑑定】スキルを使って、怪我がないか確認しているに違いない。

大事にされているのだと思うと胸が温かくなった。

ほどなくして、ミカさんも滑り降りてきた。

「この滑り台、すっごく面白いのよ～！　もっと滑りたいのよ～！」

ミカさんはらせん状の滑り台が気に入ったようで、しっぽをぶんぶん振りながら、嬉しそうにぴょんぴょんとその場で跳ねた。

展望台の下、らせん状の滑り台を降りた先は、広間になっていて、四方に迷路へ向かうための扉があった。

西側にある扉は開いていて、木の迷路が見える。

わたしたちは南側にあるひまわりの迷路の扉の前に立った。

「よし、開けよう」

グレン様がそう言い、扉を開けようとしたのだけれど、子ども姿なのもあって、なかなか扉が開かない。

「手伝います！」

「ミカもやるのよ～」

三人で力を合わせて扉を押したら、やっと開いた。

扉が開くと、わたしたちよりも背の高いひまわりが一面に広がっているのが見える。

「展望台の上から見たときもきれいだと思いましたが、横から見てもすごいですね……！」

感動して祈るように両手を組むと、真横に立っていたグレン様がつぶやいた。

「チェルシーがこんなに喜ぶなら、領地にもひまわりの迷路を作ろう」

「え？」

驚いてグレン様を見れば、真っ赤な顔を両手で隠している。

「子ども姿だと思っていることが口に出て困る……」

さらにそう言うとグレン様はその場に蹲《うずくま》ってしまった。

「グレン様はいつもわたしのことを考えてくださっているのだとわかって、嬉しく思います」

普段はなかなか言えない気持ちを言葉にすれば、子ども姿のグレン様は両手の隙間からちらりとわたしに視線を向けた。

「……チェルシーが嬉しく思ってくれるなら、普段も言うように心がけるよ」

グレン様はそう言うと恥ずかしそうにしながら、立ち上がった。

「あれ？　そういえば、ミカさんは？」

きょろきょろと周囲を見回すとミカさんは数歩進んだ先のひまわりの陰から、こそこそとわたしたちの様子を窺《うかが》っている。

「ラブラブな二人の邪魔をしちゃいけないのよ～」

そんなふうに言われるとわたしの顔まで赤くなる。

「い、行こうか」

「は、はい」

グレン様と二人で顔を赤くしながら、ミカさんの元へと走った。


ひまわりの迷路は、木の迷路で使われていた板の壁の代わりにひまわりが植えてあるというもので、背の高いひまわりの間に背の低いひまわりを植えることで、隙間を通り抜けられないようになっている。

「壁がないから印はつけられないのよ～」

ミカさんはひまわりを見つめながら、耳を反らす。

「このペン型の魔道具は、空中にも書けるものなので大丈夫です」

わたしはペン型の魔道具を使って、近くにあるひまわりのそばに大きく丸を描いた。

「これなら、先ほどの迷路と同じように進めると思います」

そう言ったところで、グレン様が片手を挙げる。

「さっきも言ったけど、試してみたいことがあるんだ。やってもいいかな？」

展望台の上で次はどの迷路に進むか決めるときにグレン様は試したいことがあると言っていた。

わたしとミカさんは、グレン様の言葉に頷く。

グレン様はニヤッと笑うと、シリルくんのように少し離れたひまわりのない地面を指した。

すると突然、ひまわりの何倍もの背丈のゴーレムが現れる。

見た目は以前、トリス様が【土魔法】で生み出したゴーレムとセレスアーク聖国の花園内にある試練の祠《ほこら》にいた人造ゴーレムを足したような姿をしている。

違いと言えば、腕が長く、手がとても大きい。

あまりにも大きなゴーレムだったため、わたしは口をぽかんと開けて何も言えなかった。

ミカさんも驚いたようで、尻尾を膨らませている。

「本当に想像したとおりのものが作れるんだね」

グレン様は満面の笑みを浮かべながら、ゴーレムに視線を向ける。

「このゴーレムは俺たちを助けてくれる、とても優しいゴーレムなんだ」

ゴーレムがグレン様の言葉にコクリと頷いている。

そんなゴーレムの動きを見て、わたしとミカさんの驚きは薄れた。

「なんだかかわいらしいですね」

「愛嬌《あいきょう》があるのよ～」

わたしとミカさんがそう言うと、ゴーレムは恥ずかしそうに両手で顔を隠した。

「それで、どのように助けてくれるのでしょうか？」

恥ずかしがるゴーレムを見ながら首を傾げる。

「ひまわりを引っこ抜くのは、ちょっと嫌なのよ～？」

ミカさんの言葉にグレン様は苦笑いを浮かべる。

「チェルシーが気に入っている景色を壊したりしないよ。ゴーレムにはスタンプがある場所まで運んでもらうんだ」

「運んでもらう？」

どういうことか理解できずに首を傾げていると、グレン様がゴーレムに向かって、指示を出した。

「ゴーレム、俺たちが乗れるように両手の甲を地面につけてくれ」

ゴーレムはその場でしゃがむと、両手で水をすくうような形を作り地面につける。

「さあ、乗ろう」

グレン様は先にゴーレムの手のひらに乗り、わたしとミカさんを引っ張り上げた。

「揺れるかもしれないから、しっかり摑《つか》んでおいてね」

わたしは隣に立つグレン様の服を摑み、ミカさんはゴーレムの指を摑む。

「ゴーレム、俺たちを手のひらに乗せたまま、立ち上がってくれ」

ゴーレムはグレン様に言われたとおりに動く。

ぐらりと揺れると、ゴーレムの手のひらが上がっていき、気づけばわたしたちはひまわりの迷路を見下ろす形になった。

「遠くまで見えます」

「高いのよ～！」

わたしとミカさんの声がひまわりの迷路に響く。

「スタンプはどこだろうか？」

グレン様がゴーレムの手のひらに立ったまま、ひまわり畑を見下ろす。

わたしとミカさんも手のひらから落ちないように、そっと下を見た。

「あのあたりでしょうか？」

遠くのほうにぽっかりと穴が開いたようにひまわりが咲いていない場所があった。

そこを指せば、グレン様が微笑みながら頷いた。

「よし、あそこを目指そう。ゴーレム、足元のひまわりを踏まずに、俺たちを乗せたまま、あのひまわりのない場所まで向かってくれ」

グレン様の指示を受けて、ゴーレムは歩き出す。

ひまわりを踏まないようにそっと進んでいく様はやっぱりかわいらしく思えた。


あっという間にひまわりの迷路のスタンプの場所に着いた。

ゴーレムに地面に降ろしてもらったあと、紙の下側の円にスタンプを押す。

「二つ目も押せました」

ひまわりの絵のスタンプがしっかり押せたことを確認すると、またどこからかパンッと手を叩く音がして、ひまわり畑から展望台の上へと場所が変わった。

展望台の中央の台の近くには、目をキラキラさせてとても興奮している様子のシリルくんがいた。

グレン様とミカさんは先ほどと同じように、わたしを守るような位置につこうとしたのだけれど、それよりも早くシリルくんがグレン様の目の前に立った。

「ゴーレムを使って迷路をクリアするなんて考えてなかったよ！　あんなに大きな物を思いつくなんて、きみもすごいんだね！」

シリルくんはグレン様に早口で話していく。

「あのゴーレムは人を運ぶ以外に何ができるの？　腕が長くて手が大きかったら、空を飛べたりするの？」

グレン様はシリルくんの勢いに飲まれて、口をパクパク動かすだけで何も言えないでいる。

「あ！　きみの名前も教えてよ！」

「……グレン」

「ぼくはシリルだよ！　よろしくね！　それで、さっきの答えは？」

シリルくんが勢いよく問えば、グレン様はなんとも言えない表情のまま、答えていく。

「えっと……地面を掘って草花を植えたり、動物と戯れたり、あとは空も飛べるし、攻撃もできるんじゃないかな……」

「なにそれ、すごい！　どうしてそんなしっかりした想像があるの!?」

シリルくんはさらにあれこれと質問をしていく。

グレン様はシリルくんの質問に答えていくうちに警戒が薄れたらしい。

それどころか打ち解けたようで、ゴーレムのことだけでなく、他にも想像で作れそうなものについて語り出した。

子ども姿なのもあって、グレン様とシリルくんの様子はかわいらしく見える。

わたしとミカさんは数歩離れた場所に移動して、そんな二人を眺めていた。

「ナイトメアって聞いていたけど、普通の子どもに見えるのよ～」

ミカさんがわたしにしか聞こえないような小さな声でつぶやく。

「わたしにもそう見えます。何か事情があるのではないでしょうか？」

「チェルシーちゃんのことを教えてって言っていたのよ～。それが関係すると思うのよ～」

「そうかもしれません」

「確かめたいけど、今は難しそうなのよ～」

ミカさんとわたしが話している間も、グレン様とシリルくんは楽しそうに話を続けている。

二人の話が終わるまで、わたしはミカさんと展望台の上からひまわりの迷路を眺めていた。

＋＋＋

グレン様とシリルくんの話が落ち着いたところで、三つ目の迷路を目指すことになった。

展望台かららせん状の滑り台を滑り降りて、入り口のある広間へと向かう。

今回はシリルくんも一緒に広間まで降りてきた。

「この長い滑り台は作って正解だね！」

「とっても楽しいのよ～！」

シリルくんの言葉に、ミカさんが尻尾をぶんぶん振りながら答える。

「わたしもすごく楽しくて好きです」

思ったことを口にすれば、シリルくんが嬉しそうに笑った。

「三つ目はどの迷路にするの？」

シリルくんの問いかけにわたしたちは、真っ黒に塗られた扉を指す。

「東にある暗闇の迷路を選んだ」

グレン様が答えるとシリルくんは口元に手を当てる。

「先に言っておくけど、この夢の中にはすでにお日様が存在するから、二つ目のお日様は作れないよ。あと、ランプみたいな明かりを作っても、あの暗闇は消えないよ。がんばってね！」

シリルくんはそう言うとパッと姿を消した。

「現れたり消えたり、忙《せわ》しないやつだな……」

グレン様はシリルくんが消えた場所を見ながら、楽しそうな表情をしつつ、そんなことをつぶやいていた。


暗闇の迷路の入り口に立ち、三人で扉を押し開ける。

扉を開けた先は真っ暗で、展望台の明かりが差し込まない。

「なんか、変なのよ～？」

よく見れば、扉を境目にしてくっきりと暗くなっている。

「暗闇というよりも黒い霧の中みたいな感じになってるようだね」

グレン様が片腕を暗闇の中に入れたり出したりして、様子を確かめている。

わたしとミカさんもグレン様の真似をして、暗闇の中に手を入れると、入れた部分が暗闇に飲まれたかのように見えなくなった。

「まったく見えなくなりますね」

「ミカの腕が消えたみたいに見えるのよ～」

「これだと中に入ったら、お互いの姿が見えないんじゃないかな。手をつないではぐれないように
しよう」

グレン様はそう言うと左手を差し出してくる。わたしはその手にそっと右手を乗せた。

「ミカもチェルシーちゃんと手をつなぐのよ～」

ミカさんはそう言うとわたしの左手を優しく摑む。

二人に挟まれる形で手をつなぐとわたしは言った。

「では、行きましょう」

ドキドキしつつも三人そろって、暗闇の中に足を踏み入れる。

「やっぱり、何も見えないね」

グレン様の予想どおり、暗闇の迷路の中では、お互いの姿が見えなかった。

「手をつないで正解でしたね」

わたしがそうつぶやくと、返事の代わりのようにグレン様がぎゅっと軽く手を握った。

「さて、どうやって進もうか……風がないから、風で進路がわかるってことはなさそうだ」

グレン様は空いている手をぶんぶん振って、風があるかを確かめているらしい。

「ランプを想像で作ったけど、やっぱり光らないのよ～」

シリルくんが忠告していたとおりにランプは使えないらしい。

ミカさんは想像で作ったランプをぽいっと地面に落としたようで、ガシャンという音を立てた。

「どうしましょうか……」

わたしの言葉に、グレン様とミカさんから、う～んという悩んでいるような困っているような声が聞こえてくる。

二人の声を聞きながら、じっと暗闇を見つめていると、奥のほうで小さく何かが光っていることに気が付いた。

「奥のほうで何か光っていませんか？」

「どこだろうか？」

「どこなのよ～？」

グレン様とミカさんが同時につぶやく。

「あの……えっと……言葉では伝えづらいので、光のところまで進みます」

わたしはそう言ったあと、二人の手を引きながら、小さな光に向かって歩き出した。

「……チェルシーに引かれて歩くというのは、なんだか新鮮だね」

グレン様の言葉に、なんだか照れくさい気持ちになる。

しばらく進むと、グレン様とミカさんにも小さくて今にも消えてしまいそうな淡い光が見えたらしい。

「とても小さいけど、何か光っているね」

「ちっちゃく光ってるのよ～」

小さな光のもとまでたどり着くと、わたしはその場にしゃがみ込み、グレン様とミカさんは覗《のぞ》き込んだ。

「光る……キノコ？」

どうやら淡い光を放っていたのは、マッシュルームくらいの大きさのキノコらしい。

「こんなに弱い光では、ランプみたいにあたりを照らすことはできないね」

グレン様の言葉にミカさんが頷いているのが、わずかに見える。

「他にもあればいいのよ～」

ミカさんはそう言うとキョロキョロと周囲を見回し始めた。

「あそこが光ってる気がするのよ～」

今度はミカさんに手を引いてもらい、小さな光に向かう。

またしても足元に光るキノコが生えていた。

「光るキノコをたどって、スタンプの場所まで向かう迷路なのでしょうか？」

「そうかもしれない。他に手掛かりはないし、探しながら進もう」

「賛成なのよ～」

その後もいくつか光るキノコを見つけて、進んでいったのだけれど、スタンプの場所までたどり

着けない。

「ちゃんとスタンプの場所までたどり着くのか、不安になってきたのよ～」

ミカさんがわたしの腕にしがみつきながら、ぶるっと震えた。

「この暗闇を晴らす想像ができたらいいんだけど、なかなか思いつかないね」

グレン様はそう言うとため息をついた。

「お日様やランプでは、明るくならないのに、この小さな光るキノコだけは明るくなる……」

思ったことをぶつぶつつぶやく。

そういえば以前、スキルで光る芝生の種を生み出したことがあった。

光る芝生の種は、植えて育つとわたしの合図で光ったり消えたりするもので、あのときはたしか、王都にある精霊樹の根元周辺に種を蒔《ま》いた。

広範囲に蒔いたので、かなり明るかった覚えがある。

「光る芝生の種みたいに、光るキノコも一面に生えたら、明るくなるのではないでしょうか？」

そう口にすると、わたしたちの近くにぽつぽつと小さな光が現れ始める。

小さな光は次第に数が増えていき、気づけばあたり一面光るキノコで埋め尽くされてしまった。

「光るキノコでいっぱいになったのよ～!?」

ミカさんが驚きの声を上げ、しっぽをぶんぶん振っている。

「足の踏み場もないくらいに光るキノコを生やせば、たしかに明るくなるね」

グレン様は驚きつつも近くにある光るキノコを一つ取り、楽しそうに眺めている。

やっと二人の姿がはっきり見えるようになって、ホッとした。

「でも、これだと歩けないですね……」

わたしはそうつぶやいたあと、じっと光るキノコを見つめる。

「踏んでしまうのはかわいそうだから、スタンプのある場所まで、光るキノコのない道ができたらいいな」

思ったことを口にすれば、一部の光るキノコが消えて、一直線に道ができる。

「チェルシーはしっかり想像をしてからスキルを使うから、こうなったらいいという具現化がうまいんだろうね」

グレン様が感心したようにつぶやく。

「想像したとおりになるのって、とても楽しいです」

ワクワクしながらそう告げれば、グレン様は片手で顔を押さえた。

そして、すごい勢いで叫ぶ。

「チェルシーがかわいすぎる！」

「思ったことが言葉に出すぎて大変なのよ～」

ミカさんがグレン様を残念なものを見るような目で見つめていた。

わたしは何と言えばいいかわからずに言葉に詰まった。

その後わたしたちは、光るキノコの生えていない道を通って、スタンプのある場所まで向かった。

暗闇の迷路のスタンプのある場所には抱えることができるくらいの光る大きなキノコがたくさん生えていて、かわいらしかった。

三つ目のスタンプを押すと、一つ目と二つ目のスタンプを押したときと同じように、光るキノコに囲まれた暗闇の迷路から、展望台の上へと場所が変わった。

中央の台の上には、シリルくんが腰を掛けて、足をぷらぷらさせている。

「三つ目の迷路もクリアしたんだね。おめでとう」

シリルくんはなんだか元気がない様子でそう言うと小さくため息をついた。

「どうしたの？」

不思議に思って問いかけると、シリルくんは視線を彷徨《さまよ》わせたあと首を横に振った。

「なんでもないよ。それよりも、次で最後だから……楽しんできてね！」

シリルくんはそう言うとパッと姿を消した。

「心ここにあらずって感じだったね」

グレン様はシリルくんが消えた場所……中央にある台の上をじっと見つめながらつぶやく。

「やっぱり、何か事情があるように感じます」

「最後の迷路をクリアしたら、聞いてみるのよ～！」

「そうですね。聞いてみましょう」

ミカさんの言葉に強く頷《うなず》いたあと、わたしたちは最後の迷路へと向かった。

中央の台の下にある長い滑り台を滑り降りて広場へと向かう。そして、広場の北側にある氷の迷路の入り口に立った。

氷の絵が描いてある扉を三人で押し開ければ、冷たい空気が流れ込んでくる。

「さ、寒いのよ～！」

ミカさんが尻尾をぎゅっと抱えてぷるぷると震え出した。

わたしはそこまで寒く感じない。

グレン様に視線を向ければ、歯を食いしばって我慢しているように見えた。

「なるべく、早くクリアしよう」

「そうしようなのよ～！」

グレン様の言葉にミカさんが何度も頷いている。

三人そろって氷の迷路の中に足を踏み入れれば、氷の壁の透明度の高さがよくわかった。

「隣の通路まではっきり見えますね」

「やっぱり、冷たいのよ～」

ミカさんが近くの氷の壁をつんつんとつついたあと言った。

どれくらい冷たいのか気になったので、わたしもミカさんの真似《まね》をして氷の壁をつつく。

つつく程度ではあまり冷たさを感じなかったので、手のひらをぺたっとつけてみた。

「冷たい……ような？」

じんわりと手が冷えていく気がするようなしないような？

首を傾《かし》げていると、グレン様が慌ててわたしの手首を摑《つか》み、氷から離れさせた。

よく見れば、わたしの手のひらは真っ赤になっている。

「チェルシーは、痛みや苦しみに対して鈍いから、氷に触れすぎちゃだめだよ。冷えすぎても気づけないんだからね……」

悲しそうな表情のグレン様に言われて、ようやくわたしの手は冷えすぎて痛みを感じているのだと気づいた。

「心配してくださり、ありがとうございます。グレン様はいつでも優しい……」

お礼だけでなく、思ったことが口から出てしまう。

グレン様は照れくさそうな表情を誤魔化すためか、想像で帽子やマフラー、手袋にコートと次々に防寒具を出した。

「はい、これを使って温かくしてね。ミカの分もあるよ」

「ありがとうなのよ～」

グレン様から防寒具を受け取ると、苦労しながら身に着ける。

子どもの体は思ったよりも動かしづらいらしい。

身に着け終わったあと、ふと氷の壁を見れば、わたしの手の形が消えずにくっきり残っていた。

「手の形が残ってしまいました」

「触れた場所が溶けたんだね」

グレン様が氷の壁を見ながら言うと、ミカさんの目が輝いた。

「ミカもやるのよ～」

ミカさんはそう言うと、手袋を外して、冷たいのを我慢しながら氷の壁に触れ、しばらくしたあと手を離した。

氷の壁には二人分の手の形が残る。

それがなんだか楽しくて二人で笑い合った。

「他にもいろんな形が残ったら面白いのよ～」

ミカさんの言葉にわたしは頷く。

「指でなぞるだけで氷が溶けてくれたら、もっといろいろなものが描けそうですね」

わたしはそう答えたあと、手袋をつけたまま氷の壁に向かって、ひまわりの絵を描く。

丸の中に交差する線を複数描き、花びらを周囲につければ、完成。

思っていたよりもうまく描けたことに喜んでいると、隣に立つグレン様が言った。

「チェルシーは手袋で触れてたのに、あっという間に氷が溶けて壁に絵が描けてるよ」

言われてみれば、手形をつけたときのようにくっきりとひまわりの絵が見える。

「もしかして、想像すれば、ここにある氷の壁はすべて溶かすことができるのでは……」

わたしが言い終わらないうちに周囲にある氷の壁が次々に溶けていく。

「え？」

「うわ」

「すごいのよ～！」

瞬《まばた》きを繰り返している間にもどんどん氷の壁が溶けていく。

すべて溶けるとぽつんとスタンプの置かれた木製の台が見えた。

「少し想像しただけで、全部溶けるとは思いませんでした……」

わたしが呆然《ぼうぜん》としながらそう言うと、ミカさんが感心したように頷く。

「チェルシーちゃんには、こんなにすごい想像力があるってことなのよ～」

「魔法系のスキルを使う場合にも、想像力は必要なんだ。誇っていいことだよ」

ミカさんとグレン様に褒められて、とても嬉《うれ》しい気持ちになり、ふふっと微笑《ほほえ》んだ。

三人でまっすぐスタンプの置かれた台のもとへと向かう。

「あっさりクリアしたのよ～」

ミカさんの言葉を聞きながら、最後のスタンプを押せば、パッと景色が変わった。

そこは初めてシリルくんと出会ったときと同じ、霧のかかった森の中で、違いと言えば左右にグレン様とミカさんがいること。

真正面には寂しそうな表情をしたシリルくんが立っている。

「すべてのスタンプを集めたんだね。クリアおめでとう」

シリルくんはそう言うと無理矢理、笑顔を作った。

「どうしてシリルくんはそんな寂しそうな顔をしているの？」

わたしは思ったことを自分の意思で口にする。

「だって、迷路をクリアしたら、夢から出してあげるって約束したから……ぼくはまた一人ぼっちになるんだよ」

「一人ぼっち……？」

首を傾げると、シリルくんは少し迷うような表情をしたあと答えた。

「ぼくの本体は、誰もいない朽ちた村の燃え尽きた巨木の前にあるんだ……」

シリルくんはそう言うとナイトメアの存在について話し出した。

「そもそもナイトメアっていうのは、ここことは違う別の世界の存在なんだ」

ナイトメアの住む世界はなかなか発展しないそうで、業を煮やしたその世界の創造主がナイトメアたちに他の世界に行って、見知った情報を持ち帰り、持ち帰った情報をもとに世界を発展させるように呪いをかけたらしい。

「呪いの力は強大で、他の世界の人たちに夢を通じて召喚方法を教えることができるんだ。そうやって他の世界に召喚してもらって、お礼としてなんらかの契約を交わして……完遂するまでの間に、召喚された世界の見聞を広げるんだ」

シリルくんは近くの地面を指して、想像でいろいろな物を作って並べていく。

馬車のように車輪が四つあるのに、馬をつなげる場所も御者台もない謎の乗り物。

ふわふわした毛並みなのに凶悪な顔をした生き物。

丸と四角と三角を組み合わせた置物。

どれも見たことがない。

「自動車じゃないか……」

グレン様が右隣でつぶやくと、シリルくんが頷いた。

「これはぼくが今まで行ったことがある他の世界の物だよ」

シリルくんはそう言ったあと大きくため息をつく。

「いつものように他の世界……今回だとチェルシーたちがいる世界に召喚されたんだけど、なぜか勝手に契約が交わされてたんだ……」

「どんな契約内容なんだ？」

グレン様が尋ねるとシリルくんは首を横に振った。

「わからない。燃え尽きた巨木のそばから離れられないことと、お腹《なか》が空《す》かないことから、誰かと契約しているのは間違いないんだけど、契約内容がわからないんだ……」

「え？」

驚きの声を上げるとシリルくんは、また寂しそうな表情になる。

「契約内容がわからないから遂行できなくて、元の世界に帰れない。契約変更をお願いしたくても、燃え尽きた巨木のそばから離れられない。だって、ここには誰もいないから……！」

シリルくんはそう言うとわたしに期待するような視線を向けた。

「諦めてたところに、やっとぼくが夢を見せられる範囲に人が……チェルシーが来たんだ！　しかも、チェルシーは契約を書き換えられるほどの力を持ってる！　すぐに契約してもらおうと思って、ぼくの夢の中に招いたんだけど……お母様が契約を交わす前に必ずどんな人物か確認するようにおっしゃっていたのを思い出して、まずはどんな人物か確かめることにしたんだ」

「だから、シリルくんはわたしを知りたいって言ってたんだ……」

今までのシリルくんの行動には、そう言った理由があったのだと納得していると、シリルくんがぽろぽろと泣き出した。

「お願いだよ！　ぼくの本体のところまで来て、ぼくと契約して……！　寂しくて仕方ないんだ！」

泣き出したシリルくんを見ていると胸が苦しくなる。

「シリルくんの本体のところへ行きたいです」

そう告げれば、グレン様とミカさんはしかたないと言いたげな表情で頷いた。

「そんな状況なら放っておけないのよ～」

「悪いやつじゃなさそうだし、シリルの本体の場所まで行こう」

ミカさんとグレン様がそう言うと、シリルくんは神に祈るように両手を組み、わたしたち三人に視線を向けた。

「ありがとう！　待ってるから！」

シリルくんがそう言うと、ふわっと意識が飛んだ。

＋＋＋

目を開けると、木目調の天井と心配そうな表情でわたしを見つめる精霊姿のエレがいた。

重い体を起こせば部屋の入り口近くに安堵《あんど》した様子のジーナさんとマーサさんが立っているのが見える。

「戻ってきたんだ……」

ぽつりとつぶやけば、精霊姿のエレが深いため息をついた。

そして何も言わずにぷかりと浮かび上がり、視線をわたしの左右へと向ける。

同じように左右に視線を向ければ、右のベッドにはグレン様が左のベッドにはミカさんがいた。

グレン様は右手で額を押さえて考えるような仕草をしており、ミカさんはわたしに向かって片手を振った。

そういえば、シリルくんはわたしの近くにいる人を眠らせて連れてきたと言っていた。

突然二人が眠ってしまったので、急遽《きゅうきょ》、空いているベッドに寝かせたのだろう。

「チェルシー様がなかなか起きぬというから、様子を確認しておれば……グレンとミカが突然眠るではないか……。我をどれだけ驚かせれば気が済むのやら……」

精霊姿のエレは、言葉とは裏腹に、心底ほっとした表情をしている。

「心配かけてごめんなさい」

「チェルシー様のせいではなかろう。それより、どうやって夢の中から戻ってこれたのだ？」

エレの問いに、わたしは夢の中での出来事について説明した。

途中からグレン様とミカさんが補足してくれる。

「なるほど……それで、迷路を攻略して、ナイトメアを救い出すことになった……と」

説明を終えると精霊姿のエレがとてもざっくりと話をまとめた。

「そのナイトメアの本体の場所はわかっているのか？」

エレの言葉にわたしは首を横に振る。

「正確な場所はわからないけれど……。誰もいない朽ちた村の燃え尽きた巨木の前にいるって言っていたから……」

「誰もいない朽ちた村って廃村だと思うのよ～」

ミカさんがそう言うと、グレン様が周辺の地図を取り出した。

「夢を見せられる範囲内にチェルシーが来たとも言っていた。であれば、宿タイプのツリーハウスを中心にして周囲に廃村がないか探せば、シリルの居場所はわかるはずだ」

グレン様が地図上のわたしたちが野営している場所を指した。

そこから人差し指と親指を使って、円を描く。

「まずは、イルナト村に行って近隣に廃村がないか確認してこよう」

グレン様の言葉に頷き、わたしとミカさんはイルナト村へ向かう準備をしようとベッドから出た。

「少々よろしいでしょうか？」

こういった状況では、滅多に発言しないメイドのジーナさんが部屋の入り口近くで片手を軽く挙げていた。

「どうした？」

グレン様がジーナさんに続きを話すよう促す。

「すでに日が暮れて、真夜中と言っていい時間でございます。確認は明日になさったほうがよろしいかと存じます」

ツリーハウス内の部屋は空間がゆがんでいるのもあって、窓がついていない。そのため、今が何時なのかわかっていなかった。

「そんなに長く眠っていたんですね……」

わたしがつぶやくと、ミカさんはハッとした表情になり叫んだ。

「夕ご飯の下ごしらえも準備もできてないのよ～!?」

「メイドたちで作って先にいただいたので、大丈夫です」

マーサさんがクスッと笑いながら答える。

「そんな時間ならば、確認は明日にしよう」

グレン様の言葉にその場にいた全員が頷く。

こうしてわたしたちは、明日を待つことになった。

+++

翌朝、朝食を摂《と》ったあとすぐに、イルナト村の村長に近隣に廃村がないか確認しに行った。

「私が生まれるずっと前に村の西にあった集落が廃村になったと聞いた覚えがあります」

数年前に世代交代したという村長は白髪交じりで、国王陛下よりも年上に見える。

詳しく話を聞いたところ、その集落は高齢化と人口減少が進んでいたところに、落雷による森林火災で集落が燃えてしまったそうで、復旧せずに全員、イルナト村に移住したらしい。

「たしか、このあたりだったはずです」

村長は応接室のテーブルに地図を広げたあと、集落があった場所を教えてくれた。

わたしたちは村長にお礼を言うとすぐに集落があった場所へと向かうことにした。

「森の中は得意なのよ～」

集落があった場所までの道は誰も通らなくなっていたため、木々や生い茂った草で埋もれていた。

ミカさんに歩きやすい場所を選んでもらいながら森の中を進んでいく。

足元に気をつけながらしばらく進んでいると、焼け焦げた石垣が見えた。

「ここは廃村となった集落の端のようだ。この石垣は家の土台だったものらしい」

グレン様は石垣をじっと見つめながら、鑑定結果を教えてくれる。

「シリルくんはどこにいるのでしょうか……？」

周囲を見回したけれど、石垣と木々しかなく、燃え尽きた巨木は見当たらない。

「きっと、もっと奥なのよ～」

ミカさんの言葉に頷きながら、廃村となった集落の奥へと進んでいく。

五つ目の石垣を通り過ぎたあたりで、真っ黒になったとても大きな木が見えた。

「燃え尽きた巨木とはあれのことでしょうか？」

「きっとそうなのよ～！」

わたしたちは真っ黒な巨木がある方角へ進んでいく。

七つ目の石垣を越えたところで開けた場所に出て、真っ黒な巨木がよく見えるようになった。

「おーい！　こっちだよー！」

その巨木の根元を見れば、フード付きの黒いマフラーをつけた赤い髪の子どもが片手を振りながら立っている。

「シリルくん！」

みんなで駆けよれば、シリルくんは嬉しそうに笑った。

「本当に来てくれたんだね！」

「あたりまえなのよ〜」

ミカさんが胸を張って言ったところで、遅れてやってきた精霊姿のエレが真っ黒に燃え尽きた巨木を指しながら叫んだ。

「なぜ、あんな姿になっているんだ!?　あれは精霊樹だぞ！」

エレの言葉を聞いたグレン様がハッとした表情になり、すぐに巨木に視線を向ける。

「たしかにエレの言うとおり、この巨木は精霊樹らしい」

グレン様はそう言うと、鑑定結果を教えてくれた。

「この精霊樹の状態は、瀕死《ひんし》。落雷により燃え尽きたため、精霊樹としての機能は消失している。燃え尽きても土に還《かえ》るまでは精霊樹であるらしい」

精霊姿のエレはふわりと浮かびながら、真っ黒に燃え尽きた精霊樹にそっと触れる。

しばらくすると眉間にしわを寄せ、大きくため息をついた。

「以前にも言ったかもしれぬが、精霊樹には意思がある。この精霊樹は燃えたことで精霊も人も動物も植物もなにもかもいなくなり、あまりにも寂しかったからとナイトメアを召喚したそうだ」

精霊姿のエレの言葉にシリルくんは首を傾げている。

「……ちょっと待って！　まずこの浮いている人は誰？　それからこの世界では木がしゃべるの？」

シリルくんはふわりと浮いている精霊姿のエレを指す。

精霊姿のエレは「ふむ」と頷くとシリルくんに向かって胸を張った。

「我は精霊を統べる王エレメントだ。チェルシー様と契約をしている」

「ぼくはナイトメアのシリル。これからチェルシー様と契約しようと思ってる！」

シリルくんが鼻息荒く自己紹介をしたあと、わたしは簡単に精霊樹と精霊のことを説明した。

「……この精霊樹が特別なのは理解できたよ。それで、どうやって精霊樹が召喚したの？」

「召喚用の陣は燃え尽きた直後に天啓のように降りてきた。それを体に刻んで使ったそうだ。まさか召喚した途端、自動契約になってそばから離れられなくなるとは思ってなかったらしく、精霊樹が謝罪しておる」

「なんで自動契約になったんだろ？っていうか、どんな契約をしてるの？」

シリルくんが尋ねると、精霊姿のエレが首を横に振った。

「精霊樹もわからぬらしい。鑑定結果にはないのか？」

「軽く鑑定した範囲には契約していることすら表示されていなかったよ。深く鑑定すればわかるかもしれない」

グレン様はそう言うとじっと真っ黒な精霊樹を見つめ出す。

しばらくすると賢者級の【鑑定】スキルを使い終わったようで、グレン様が詰めていた息を吐き出した。

「契約内容は燃え尽きた精霊樹を土に還すこと。土に還すまで片時も離れないこと。契約期限は土に還るまでだそうだ」

鑑定結果を聞いて、わたしは首を傾げる。

「……精霊樹って土に還るのでしょうか？」

本来の精霊樹はガラスのようにキラキラした木なので、そう簡単に土に還らないのでは？

そう思って尋ねると精霊姿のエレが巨木に触れながら、なんとも言えない表情になった。

「瀕死になっている精霊樹は、原初の精霊樹の乙女が祈れば、土に還ることができるらしい」

「原初の精霊樹の乙女って、誰？」

シリルくんの問いに精霊姿のエレは視線をそらす。

エレがそういった反応をする場合、答えは一人しかいない。

「サクラさんのことなんだね」

わたしがそう言うと精霊姿のエレは小さく頷いた。

「魔の森にあった初代の原初の精霊樹がサクラのことをそう呼んでいたから間違いなかろう」

サクラさんはこの世界を創造主から任されて豊かにした代行者で、今は魔の森にある屋敷にいる。

精霊たちが結界を張っているため、外に出ることはできない。

「つまり、現状ではこの燃え尽きた精霊樹を土に還すことはできない、契約は完遂できないということだね」

グレン様がそうまとめると、シリルくんが言った。

「精霊樹との契約は完遂できないけど、チェルシーがいれば契約を書き換えられる！　もうぼくは一人ぼっちじゃなくなる！」

シリルくんの言葉にわたしは首を傾げる。

たしかにシリルくんは契約を書き換えて、わたしたちと一緒に行動できるようになって、一人ぼっちではなくなる。

では、真っ黒に燃え尽きて瀕死になっている精霊樹は？

シリルくんの契約を書き換えたら、また側《そば》にいる人がいなくなって土に還るまでずっと寂しい思いを抱え続けるのでは？

それに気づいてしまい、どうすればいいかわからなくなった。

「精霊樹の願いが叶《かな》ったらいいのに……」

わたしはそうつぶやきながら、祈るような形で両手を組む。

すると左手の甲が一気に熱くなり、桜の文様が浮き出てきた。

「サクラの魔力を感じる！」

「もしかして、それがチェルシーの大聖女の文様かい？」

「きれいなのよ～」

エレとグレン様とミカさんがそんなことを言っている間に、桜の文様から見えないけれど温かなものが流れていくのを感じた。

そういえば、桜の文様をいただいたときに、大聖女になると十年間、サクラさんから魔力が注がれるようになると言われた。

きっと、見えないけれどこの温かなものがサクラさんの魔力に違いない。

「サクラの魔力が精霊樹を覆い始めたではないか……！」

精霊姿のエレが嬉しそうにそう言うと、みるみるうちに瀕死の精霊樹が崩れていき、土の山が出来上がった。

原初の精霊樹の乙女が祈るというのは、サクラさんの魔力を与えるという意味だったようだ。

「土に還ったようだ」

グレン様がじっと土を見つめたあと、鑑定結果を教えてくれる。

気づけば、左手の甲にあった桜の文様は消え、サクラさんの魔力は感じられなくなった。

「サクラの魔力はあいかわらず温かい……」

精霊姿のエレは切なそうな表情を浮かべながら、土の山を見つめていた。

「瀕死の精霊樹が土に還ることができてよかった……」

わたしがほっと息を吐くと、シリルくんが頬を紅潮させてまくしたてるように言った。

「すごい……！　契約が完遂したことになったから、誰とでも契約を交わせるんだけど、やっぱりチェルシーがいい！　チェルシー！　契約を交わして！」

夢の中で遊んでいたときから、シリルくんに嫌な感じはしなかった。

契約を交わしても問題はないはず。

そう思って答えようとしたのだけれど、グレン様が両手で制した。

「待ってくれ」

シリルくんは困惑した表情になっている。

「チェルシーと契約する前に、シリルがどんなやつなのか【鑑定】スキルを使って、確認させてほしい」

真面目な表情でそう告げるグレン様に、シリルくんは首を傾げた。

「さっきも言ってたけど、鑑定って何？　ステータスチェック的なやつ？」

シリルくんが聞きなれない言葉を使いつつ尋ねるとグレン様が頷く。

「スキルのレベルによって、名前や性別、種族や称号、健康状態など、さまざまなことがわかる」

グレン様が答えると、シリルくんが少し考えるそぶりをしたあと頷いた。

「情報がわかるスキルがあるなら、使ったほうがいいよね。大丈夫だってわかるなら、安心して契約できるし。ただ……」

シリルくんはそこまで言うと頬を掻《か》いた。

「ぼくが女だってこともチェルシーより年上だってこともバレちゃうね」

「女の子だったの!?」

「チェルシーちゃんより年上に見えないのよ～？」

わたしが驚きの声を上げ、ミカさんが首を傾げる。

シリルくんの外見は、フード付きのマフラーにだぼっとした上着とズボン。それから赤くて長い前髪のおかげで顔半分しか見えない。

外見は完全に子どもなのもあって、女の子だということもわたしよりも年上だということもわからない。

「ナイトメアは一定の年齢まで育つと成長が止まるんだけど、ぼくは子ども姿で止まっちゃってさ。召喚されたときに女の子らしい服装をするより、性別がわからない感じの服装にしておけば、侮られることも減るんじゃないかって、一族のみんなが考えてくれたんだ」

シリルくんはほんのり頬を染めて言った。

「そうだったんだ……」

「ぼくはこの性別がわからない感じの服装が気に入ってるから、できればこれからも今までと同じように接してね」

シリルくんの言葉にこくりと頷く。

「本人の許可も出たし、【鑑定】スキルを使うよ」

グレン様はそう言うと、じっとシリルくんの頭上を見つめた。

「どうだった？　悪人って書いてあった？」

シリルくんが興味深そうに尋ねる。

「犯罪履歴はなかった。シリルは別の世界の者だけあって、見たこともない能力をたくさん持っている。正直、どれもこれも気になる……」

まじまじとシリルくんの頭上を見つめるグレン様に、シリルくんは苦笑いを浮かべる。

「とりあえず、これでぼくがチェルシーと契約しても大丈夫だってわかったよね？」

「そうだね」

グレン様が頷いたのを見て、わたしは言った。

「では、わたしはシリルくんと契約を……どんな契約をしましょうか？」

「そういえば、契約内容を考えてなかったね……どうしよっか？」

わたしとシリルくんは顔を見合わせた。

「契約内容は、夢に関することでなくてもいいのか？」

「うん。ぼくにできることなら大丈夫。できれば、人の多い場所にいたいかな」

「どうしてなのよ～？」

「近くに人がいれば、その人たちの夢の中を覗《のぞ》いて、この世界のことを知ることができるから」

「夢を見せられる範囲は、夢を覗ける範囲でもあるのか」

「そういうこと！」

グレン様とミカさんとシリルくんの会話を聞いて思いついた。

「シリルくんは、わたしたちの世界で見聞を広げたいのだから……見知ったことをわたしに教えるという契約はどうでしょうか？」

「それいいね！　期限はどうする？」

「シリルくんが帰りたいと思う日までで」

わたしがそう言うとシリルくんは何度も瞬きを繰り返す。

「こんなぼくに有利な契約でいいの!?」

「そんなに有利な契約でしょうか？」

判断がつかなかったので、グレン様に視線を向ける。

「チェルシーにも利があるから、大丈夫だ」

グレン様はきっぱりそう言うと、少年のようにニヤッと笑った。

「……グレンがそう言うならいいか。じゃあ、それで契約しよう！」

シリルくんはそう言うと、両手を使って不思議な動作をする。くるくる回したり、上げたり下げたり……。

するとわたしの目の前に、抱えられるほどの大きさの真っ白な雲のようなふわふわしたものが現れる。

「これは白昼夢を応用した契約雲。ここに両手を入れて」

シリルくんに言われるがまま、そっと真っ白な契約雲の中に両手を入れる。

「その状態で、契約内容と期限を言って」

「契約内容は、シリルくんが見知ったことをわたしに教えること。期限はシリルくんが帰りたいと思う日まで」

そう言うと真っ白な契約雲がぎゅっと集まって、飴玉《あめだま》みたいな白い塊になり、わたしの手のひらに載った。

シリルくんはその飴玉みたいに凝縮された白い塊をつまむと、パクッと口に入れた。

そしてごくんと飲み込むと嬉しそうに笑う。

「これで契約完了！　やっと、本来の力が使える！」

本来の力って何のことだろう？

首を傾げている間に、シリルくんの体がすごい勢いで縮み始めた。

「え⁉」

「は？」

「小《ち》っちゃくなってるのよ～⁉」

驚きながら見つめていると、シリルくんは最終的にわたしの親指くらいの大きさまで縮んだ。

「きちんと契約を結べば、ナイトメアは体の大きさを変えたり、姿を消したりできるんだよ」

シリルくんはそう言ったあと、わたしの手のひらくらいの大きさの真っ白なふわふわの雲を生み出し、ぴょんっと飛び乗った。

そして、わたしの目線まで浮かび上がる。

「あとはこの浮遊雲に乗って移動すれば、情報収集が簡単にできるってわけ」

シリルくんはすごいでしょ！　と言わんばかりに胸を張り、浮遊雲に乗りながら、わたしの目の前を飛び回る。

「わたしの親指くらいの大きさも飛んでいるところもルートみたい……」

伝達の精霊ルートは、シリルくんと同じくわたしの親指くらいの大きさで、背中から蝶々《ちょうちょう》のような羽を生やし、人族の十歳くらいの男の子の姿をしている。

目の前を浮遊雲に乗って飛び回っている様は、まるでルートが飛んでいるみたい。

そう思っていたら、左手首につけている精霊樹でできたブレスレットから、ルートが飛び出してきた。

『チェルシー様、呼んだ？』

ルートはそう言うとくるくるとわたしの周囲を飛び回ったあと、浮遊雲に乗っているシリルくんに気づいた。

『うそ!?　ぼくより小さな女の子がいる！』

ルートはそう言うと、怖がらせないようにと気遣って、ゆっくりシリルくんに近づいていく。

シリルくんはルートを見て、驚きすぎて目を見開いていた。

『ぼくの名前はルート、伝達の精霊だよ。よろしくね』

「シリルだよ。よく性別がわかったね」

精霊の声は精霊と契約した者、精霊の導きの祝福を得た者、あとは特定のスキルを持つ者にしか聞こえない。

シリルくんにもルートの声は聞こえないと思っていたのだけれど、どうやらそうではないらしい。

「ナイトメアは別世界の存在だから、想定外の事象が多く起こるのであろう」

先ほどまでずっと黙っていた精霊姿のエレはそうつぶやくと、わたしをじっと見つめた。

「なんでもかんでも契約しおって……」

「ダメだった？」

「チェルシー様の身に影響がなければ、かまわぬ」

精霊姿のエレはそう言うと、猫姿に変わり、わたしの肩に乗った。

5. と王都へ帰ろう

I'll Never Go Back to Bygone Days!

シリルくんと契約した翌日、わたしたちは王都に向けて再出発することになった。

イルナト村の村長に、野営地を貸してくれたお礼を言い、出発することを伝える。

迂回路《うかいろ》は思っていたよりも整備されていたため、特に苦労することなく通り抜けることができた。

途中からは予定していた街道を通り、予定よりも数日遅れで王都に到着した。

城塞内に入るとまっすぐに王立研究所の宿舎……わたしの部屋がある場所へ向かうのかと思っていたら、そのまま奥へと進んでいく。

気づけば城塞の最奥にある居城が見えてきた。

「居城に向かうのですか？」

首を傾《かし》げながら場所の窓から外を眺めていると、グレン様がクスッと笑った。

「見届け役が終わったら、城塞内の別の場所に部屋を移動することになったのを覚えているかな？」

そういえば、セレスアーク聖国の大聖女の選定の見届け役を引き受けたときに、国王陛下から『特別研究員の褒賞に含まれていた成人後に城塞内の別の場所に住居を用意する件だが、見届け役を終えて戻ってきてから渡すこととする』って言われたんだった。

こくりと頷《うなず》けば、グレン様は居城を指さす。

「チェルシーの新しい住居は、居城の中に決まったんだ」

「え!?」

居城は、王族と王族に直接仕えている一部の者しか住むことを許されていない。

わたしはサージェント辺境伯の養女で王族ではないし、メイドや従者みたいに王族に直接仕えているわけでもない。

「わたしが居城に住んでもいいのでしょうか?」

不安を口にすれば、グレン様は優しく微笑《ほほえ》んだ。

「たしかにチェルシーは王族じゃない。でも、王立研究所の最高位である特別研究員は、王族とほぼ同等の身分を持っている。警護の対象になっているのはわかるよね?」

「はい。わたし専属の護衛騎士がいつもそばにいるので、それは理解しています」

どこへ行くにも護衛騎士がついているので、護《まも》られているのだと知っていた。

「さらにチェルシーは王弟の婚約者という立場もあるから、余計に警護がつく」

王族や高位貴族の婚約者に警護の者……わたしの場合は護衛騎士がつくのは一般的だと、養母のアリエル様から教わっている。

「もっと言うと、チェルシーはラデュエル帝国とセレスアーク聖国から称号をもらい、マーテック共和国では二つ名を得た。この時点で、王族と同等かそれ以上の警護が必要なんだ。だから、一番警護がしやすい居城が住居に選ばれた」

ラデュエル帝国の皇帝であるロイズ様から『ラデュエル帝国の恩人』という称号をいただき、人族だけれど、獣族の仲間として迎え入れてもらった。

この称号の効果は、獣族文字が読めるようになることと、ラデュエル帝国への出入りが自由にできるというもの。

マーテック共和国では、枯れていた大地を甦《よみがえ》らせたことで『豊穣《ほうじょう》の聖女』と呼ばれるようになり、結果として二つ名がついた。

二つ名には特に効果はないのだけれど、功績が認められた証《あかし》になる。

さらにセレスアーク聖国では、『大聖女の友』と『桜の大聖女（隠蔽）』という二つの称号をいただいた。

『大聖女の友』は、セレスアーク聖国への出入りが自由にできるというもの。

『桜の大聖女（隠蔽）』は、初代の大聖女であるサクラさんから魔力がもらえることと、相互の位置が把握できる効果がある。

「……というのはタテマエで、俺がもっとチェルシーと会いたいから、居城内に住居を用意してほしいと願ったんだ」

以前は、魔力の総量を増やすためのお茶会と称して、毎日のようにグレン様から様々なことを教わっていた。

それがひと段落した途端、グレン様の政務が激増して、研究室ではお会いすることが減った。

週に一度は時間を設けていただき、婚約者としてお茶をいただいているのだけれど、毎日お会いできていた日々と比べると……寂しく感じていた。

「チェルシーが居城に住んでくれれば、いつでも……毎日でも会うことができるんだ。ダメだったかな？」

ほんのり頬を染めて照れながら笑うグレン様にドキッとする。

グレン様もわたしと同じ気持ちを抱えていたんだ……！

「いいえ。わたしもグレン様と会える回数が減って寂しく思っていたので、とても嬉《うれ》しいです」

素直にそう答えたところで馬車が止まった。

「到着したようだね」

馬車の扉が開き、先にグレン様が降りる。

グレン様は馬車の外から、わたしに手を差し伸べてくれた。

その手を取り、ゆっくり馬車を降りれば、目の前に見たことのない扉があった。

「ここは王族専用の西の入り口で、チェルシーは今後、この扉から出入りしてね」

「はい」

わたしが頷くのを確認すると、グレン様はつないだ手を放さずに、そのまま居城の中へと入った。

居城の中には数えるほどしか入ったことがないので、どうしてもキョロキョロと周囲を見回してしまう。

壁紙やカーペットは、王城とは違って落ち着いた雰囲気のものが使われているし、要所要所には近衛《このえ》騎士が警備のために立っている。

グレン様に手を引かれながら、三階まで上り、変わった絵柄の扉の前に立った。

「ここがチェルシーの部屋だよ。さあ、入って」

ドキドキしながら扉を開ければ、見慣れた色合いの家具が目に入った。

入って右手にはローテーブルと大きなソファー、ダイニングテーブルと椅子などがあり、中央には天蓋付きのかわいらしい大きなベッドがある。左手にはドレッサールームとバスルーム、ウォークインクローゼットへとつながる扉が見えた。

壁と天井は居城らしく凝った装飾があるけれど、落ち着いた色合いで、カーペットは毛足が長くふかふかしている。

部屋の中は王立研究所の宿舎にあったわたしの部屋に近い雰囲気だったのもあり、この部屋でなら緊張せずに暮らせる気がして、ほっとした。

「素敵なお部屋をありがとうございます」

グレン様にお礼を告げると、首を横に振る。

「部屋の場所は陛下が決めて、内装や調度品は妃殿下が整えたんだ」

「国王陛下と王妃様が!? すぐにお礼をしなくては……」

「……本当は俺が用意したかったんだけどね」

お礼は何にしたらいいかと考えている間に、グレン様が何かつぶやいていたけれど、聞き取れなかった。

「近日中に陛下と妃殿下には会えるから、そのときにお礼を言えばいいと思うよ。とりあえず、今日は長旅で疲れているだろうし、しっかり休んでね」

何をつぶやいたのか聞き返す前に、グレン様はそう告げると部屋を去っていった。

＋＋＋

「「おはようございます、チェルシー様」」

翌朝、わたしはジーナさんとマーサさんの挨拶で目が覚めた。

「お、おはようございます、ジーナさん、マーサさん」

驚きながら、朝の挨拶を返せば、ジーナさんとマーサさんは不思議そうな表情をして首を傾げる。

「昨夜はわたし専属のメイドたちを見かけなかったので、ジーナさんもマーサさんも専属から外れてしまったのかと思っていました……」

そう告げると、ジーナさんとマーサさんは何度も瞬《まばた》きを繰り返す。

「わたしたちは、チェルシー様が外れてほしいとおっしゃらないかぎり、ずっと専属でございます」

「チェルシー様が嫌って言っても、外れたくないって思ってます！」

二人の言葉に嬉しくて頬を緩める。

「今までチェルシー様の専属だった者はそのまま、居城でもお仕えさせていただきます」

「旅の疲れがあるだろうと配慮していただき、昨夜はお休みをいただいただけなんです」

専属だった者……メイドや騎士、それから料理人であるミカさんも？

ミカさんは獣族なので、もしかしたらキッチンで受け入れてもらえないかもしれない。

「ミカさんも居城にいますか？」

種族差別がないことを祈りながら尋ねると、ジーナさんは微笑んだ。

「もちろん、居城におります。本日の朝食からミカさんが担当しておりますよ」

「よかった……！」

ジーナさんの言葉にほっと息を吐く。

「ミカさんの朝食を食べるためにも、支度をしましょう！」

マーサさんはそう言うと、ぐっと拳を握りしめた。

まずはベッドから起き上がり、顔を洗う。

「帰国明けということもあり、チェルシー様は本日からしばらくの間、お休みするようにとのことです。本日、どちらの衣装をお召しになりますか？」

今日の予定を確認したあと、ウォークインクローゼットから運ばれてきた数着の服の中から、シンプルだけれど着心地の良いワンピースを選び、着替える。

王立研究所の宿舎の部屋の数倍の広さのあるウォークインクローゼットの中には、新しく仕立てられた服やドレスがたくさん入っているらしい。

「新しい服やドレスは、王家とサージェント辺境伯家、殿下からの贈り物だそうです！」

マーサさんが力いっぱいそう言った。

「お礼状を書かなくてはなりませんね」

養母様から教わった淑女教育の中に贈り物をいただいたら、お礼状を送るというのがあったのを思い出してつぶやく。

「ではのちほど、レターセットをお持ちいたします」

ジーナさんはそう言うとにっこり微笑んだ。


「居城では、基本的にお食事は食堂で行うようになっております。もし、気分がすぐれない場合などはお部屋に運ぶことが可能ですので、その際は遠慮なさらずにおっしゃってくださいませ」

ジーナさんに髪を整えてもらいながら、そんな話を聞いた。

身支度が整うと、護衛の騎士の案内で二階にある食堂へと向かう。

食堂に入ればグレン様が席に着いていていて、軽く手を上げた。

「おはよう、チェルシー」

「おはようございます、グレン様」

朝からグレン様に会えると思っていなかったので、とても嬉しい！

微笑みながら挨拶を返せば、グレン様がとろけるような笑みを浮かべていた。

でも、どうしてここにグレン様がいらっしゃるのだろう？

「もしかして、グレン様と一緒に朝食をいただけるのでしょうか？」

疑問を口にすれば、グレン様は強く頷く。

「今日だけでなく、毎日……用事がないかぎり、朝食をともにしよう」

王立研究所の宿舎の部屋で暮らしていたときは、休息日には会えなかった。

「毎日、グレン様と会えるだけでなく、一緒に朝食をいただけるなんて……夢みたいです」

あまりにも嬉しくて緩んでいく頬を両手で押さえた。

そんなわたしを見たグレン様はとても機嫌がいいようで、ずっととろけるような笑みを浮かべ続けている。

グレン様の向かいの席に案内されて座ったところで、ダイニングテーブルがとても大きくて、椅子が十脚以上あることに気が付いた。

「もしかして……グレン様以外の王族の方々もこちらで食事を摂《と》られるのでしょうか？」

ここは居城なので、他の王族……国王陛下や王妃様、第一王子がいらっしゃる可能性があるのではないか？

そう思って尋ねると、グレン様は首を横に振った。

「居城は大きく分けて、東、中央、西の三区画に分かれていて、それぞれに食堂があるんだ」

グレン様はそう言うと指を三本立てる。

「東の食堂は東側に住んでいる陛下たちが使っていて、西の食堂は西側に住んでいる俺とチェルシーが使うことになっている。もし、陛下たちと食事をすることになったら、中央の食堂に向かうことになるよ」

居城は外から見てもとても大きくて広いので、移動距離を考えた結果、三カ所に食堂が分かれているのかもしれない。

納得して頷いたところで、もう一つ大事なことに気が付いた。

「グレン様も西側に住んでいらっしゃるんですか？」

わたしが尋ねると、グレン様はこてんと首を傾げる。

「あれ？　言い忘れていたようだ。俺の部屋はチェルシーの部屋の三つ隣だよ」

同じ階でしかも三つ隣だなんて……もしかしたら、廊下で偶然すれ違うなんてこともできてしまうのでは？

そんなことを考えたら、顔が熱くなった。

「とてもお部屋が近くて驚きました」

なんとか平静を装ってそう言うと、グレン様はクスッと笑った。

「いつでも会いに行けるから、何かあったら……いや、何もなくても呼んでくれると嬉しいな」

「は、はい……」

そんな話をしていたら、テーブルに食事が運ばれてきた。

湯気の立つコーンスープとサラダ、それからエッグベネディクト。

クロノワイズ王国では見慣れない料理なので、ミカさんが作ったものだとすぐにわかった。

「「いただきます」」

グレン様と同時にそう言ったあと、わたしは大地の神様に祈りを捧《ささ》げ、朝食を食べ始める。

エッグベネディクトの卵部分にそっとナイフを入れると中からとろりとした黄身が出てきた。

ちらりとグレン様に視線を向ければ、幸せをかみしめるように優雅に食べていた。

＋＋＋

朝食を食べ終えると、グレン様が今日の予定について尋ねてきた。

「しばらくお休みするように言われておりまして、特に予定は決めておりません」

「では、居城を案内させてもらえないかな？」

居城には数えるほどしか入ったことがなく、知っている場所も片手で数えられるほどしかない。

「ぜひお願いしたいです」

そう答えれば、グレン様は嬉しそうに微笑んだ。

食堂を出るとグレン様はわたしの手を取り、指を絡めるようにしてつなぐ。

「案内すると言っても、入れる場所は限られているんだけどね」

絡められている指が気になって、グレン様の言葉が耳に入らない。

たしかこの手のつなぎ方は、恋人つなぎというものだったはず……。

顔を赤くしながらじっとつないでいる手を見つめていたら、グレン様がつぶやいた。

「立場もあるから普段はこんなつなぎ方はしないけど、ここは居城で俺にとっては家の中のようなものだから……ダメだったかな？」

グレン様がもし、獣族の犬人だったら、きっと耳をぺたんと伏せていたに違いない。

普段よりも気を抜いている気がして、なんだかかわいらしく見える。

「ダメじゃないです……」

聞こえるかどうかの小声で答えると、グレン様が満面の笑みを浮かべた。

居城の東側は、国王陛下と王妃様、第一王子の私室、宝物庫があるらしい。

「東側は重要な人や物が多く、近衛騎士がたくさんいるし、結界も複数張り巡らせてある。用事がないかぎり行かないほうがいい」

用もなく東側を歩くと、あらぬ疑いをかけられてしまうかもしれない。

グレン様の言葉にこくりと頷いた。

中央には国王陛下とグレン様の執務室、国賓を泊めるための客室があるらしい。

「俺の執務室には、いつ来てもいいから」

グレン様はそんなことを言っていたけれど、政務の量が激増していてお忙しいのは知っているので、あいまいに微笑んでおいた。

西側には、王家の蔵書室があって、許可証があれば自由に出入りできるらしい。

「チェルシーは居城に私室がある時点で許可が出ているから、自由に出入りできるよ。ただし、本を持ち出すことはできないから、読むときは蔵書室でね」

「わかりました」

王城に隣接していた図書館にはない本がたくさんあるというので、機会があれば行ってみたい。

「あとそうだ……！　チェルシーの部屋と俺の部屋の間に、チェルシー専用の転移陣の部屋を用意したから、それを使って王立研究所へは通ってほしい」

「そんな貴重なものを……!?」

驚いて何度も瞬きを繰り返すと、グレン様はにこっと微笑む。

「転移陣は俺が開発したものだから、材料さえあればいくらでも用意できるんだ。気にせず使ってほしい」

まさかグレン様があの魔道具の開発者だったなんて!?

「ありがとう、ございます……」

驚くことが多すぎて、お礼の言葉しか出なかった。


「居城の案内はこれで終わり。ついでにチェルシーの庭を見に行こう」

グレン様はそう言うと居城の西側にある庭園へと歩みを進める。

居城の結界内にある庭園は、特別な庭師さんたちが世話をしているそうで、庭にはいつでも元気いっぱいな花が溢《あふ》れている。

その庭園のさらに奥に、わたし専用の庭がある。

わたしがお世話できる期間はスキル【種子生成】で生み出した種を植えて、調査や研究に役立てている。

今は、先日までセレスアーク聖国にいたのもあって、普通の花を植えている。

「少し休憩しようか」

「そうですね」

グレン様とともに庭の近くにある東屋《あずまや》へと向かう。

東屋には大きなベンチがあり、そこ並んで座りながら、庭を眺めた。

「次はどんなものを植えるのかな?」

「特に考えていませんでした。早く実る果物の種を植えて、ジャムを作るのもいいですし、実用的な種を植えて、実験してみるのもいいかもしれません」

「実用的な種というのはどういった感じのものを考えているのかな？」

「たとえば……ランプの種みたいに、今ある魔道具と同じ効果を持つ種を生み出すとかでしょうか」

わたしはそう言ったあと、どこにでも文字が書けるペン型の魔道具を取り出した。

「種自体がペン型の魔道具と同じ効果を持つものでもいいし、植えて枝を折ると文字が書けるとかしてもいいかもしれません」

【種子生成】はわたしが願ったとおりの種を生み出すというスキルなので、どちらの種もしっかりと設計図を作れば、生み出すことができるだろう。

「魔道具が手元になくても、チェルシーがその場で種を生み出せば、魔道具と同じ効果が得られるというわけか……なかなか興味深いね」

他に植えると結界を張る種やゴーレムが現れる種、風が起こる種など、植物から少し離れた種についても話をした。

ひととおり種について話し終えると、なぜか沈黙の時間が生まれた。

何かもっと話をしたほうがいいかな？

グレン様の様子を窺《うかが》うと、なぜか迷うような表情をしている。

もしかしたら、何か話したいことがあるのかもしれない。

そう思ってしばらく待っていると、グレン様は決心がついたようで話し始めた。

「……両想《りょうおも》いになったら叶《かな》えたいと思っていたことがあるんだ」

グレン様は恥ずかしそうにしつつもじっとわたしの顔を見つめる。

「何でしょうか？」

首を傾げると、グレン様は何度も深呼吸を繰り返したあと、言った。

「その……今さらかもしれないが、チェルシーのことを愛称で呼んでもいいだろうか？」

「はい、かまいません」

すぐに頷けば、グレン様はほっと息を吐いた。

「では、これからは『ルシー』と呼ばせてほしい」

「……チェルやチェリーではなく？」

愛称とは親しみを込めて呼ぶ名前で、どんな呼び方をするか決まってはいないのだけれど、名前の後半部分で呼ぶ人は少ないはず。

するりと思ったことを口にするとグレン様は視線をそらせながら言った。

「チェルやチェリーだと、他の者から呼ばれているかもしれないし、今後呼ばれる可能性があるだろう？　できれば、その……二人だけの愛称にしたかったんだ」

二人だけの愛称にしたい……つまり、独占したいということ？

それに気づいてしまったため、わたしの顔はみるみるうちに赤くなる。

今まで蔑称で呼ばれることはあっても、愛称で呼ばれたことはない。

新しい家族……サージェント辺境伯家の方々は、わたしが男爵家にいたころ、名前で呼ばれることがほぼなかったことを知って、あえて名前で呼んでくれている。

「とても……とても嬉しいです」

しっかり気持ちを伝えれば、グレン様は嬉しそうに微笑んだ。

「それでその……俺のことも愛称で呼んでくれないかな？」

そう言われて、わたしはつい、きょとんとした顔をしてしまった。

なぜなら、グレン様のお名前はグレンアーノルドというもので、すでに愛称でお呼びしているつもりだったから……！

それを伝えるとグレン様は苦笑いを浮かべる。

「グレンというのは愛称というよりも呼称に近いから、できればチェルシーだけに呼ばれる愛称がほしいんだ」

なぜかグレン様の言葉で胸をぎゅっと摑《つか》まれたような感覚になった。

「で、では……アル様と……」

グレン様が首を傾げる。

「どうしてアルにしたんだい？」

「グレン様の真似《まね》をして、名前の後半部分から考えてみました」

おかしな愛称ではないはずだけれど、グレン様が気に入らなかったらどうしよう？

不安に思いながら、グレン様の顔を見れば、グレン様はとろけるような甘い笑みを浮かべていた。

その甘い笑みのまま、わたしを抱きしめ、そして耳元でささやく。

「ルシー」

愛称で呼ばれた途端、力が抜けそうになり、動けなくなった。

早鐘を打つ心臓の音がグレン様に聞こえているかもしれない。

「ルシー？」

「……あ、は、はい」

なんとか返事をすると、グレン様がクスッと笑った。

「ルシー。俺の愛称も呼んで？」

「アル様」

ぎりぎり聞こえるくらいの小声で愛称を呼ぶと、今度はグレン様の動きが止まった。

グレン様の耳や首が赤く染まっているのが見える。

「あー……うん。これは言葉にならないくらい嬉しいね」

グレン様はそうつぶやくと先ほどよりも強くぎゅっと抱きしめた。

「このままさらってしまいたいなぁ」

「え!?」

驚きの声を上げると、グレン様が詰めていた息を吐き出した。

「チェルシーがあまりにもかわいくて、他の誰にも見せたくない。俺を呼ぶ声も独り占めしたい」

こんなふうに感情をさらけ出している姿をあまり見たことがなかったので、少しだけ驚くと同時に嬉しく思った。

「では……愛称を呼ぶのは二人きりのときだけにしませんか?」

耳元でこっそり告げれば、グレン様はゆっくり頷く。

「ありがとう、ルシー。二人だけの秘密だよ」

グレン様はそうつぶやくと、躊躇《ちゅうちょ》するような動きをしたあと、先ほどより優しく抱きしめた。

+++

部屋に戻る途中で、国王陛下付きの侍従と出会った。

「こちら、陛下より殿下と婚約者殿宛の手紙でございます」

グレン様が侍従から手紙を受け取り、その場で封を開ける。

「伝えたいことがあるから、執務室に来てくれ……だそうだ」

その言葉にわたしは固まる。

王族と対面する場合、ドレスを身に着けなければならないと礼儀作法の講師は言っていた。

今日のわたしは、シンプルだけれど着心地のいいワンピースを着ている。

「すぐに着替えないと……！」

慌ててそう口にすれば、グレン様が小さく頭を横に振った。

「これは非公式な呼び出しだから、そのままで大丈夫だよ」

グレン様はそう言うとわたしの手を引き、歩き出す。

そしてそのまま、居城の中央にある国王陛下の執務室へと向かった。


執務室前に立つ近衛騎士に声を掛けて、中へと入れてもらう。

なんと中には国王陛下だけでなく、王妃様もいらっしゃった。

国王陛下と王妃様に向けてカーテシーをすれば、笑みを浮かべて頷き、それからソファーに座るよう促される。

わたしとグレン様は三人掛けのソファーにゆっくり腰を下ろして、姿勢を正した。

「非公式だから、楽にしていい」

国王陛下がニヤッとした笑みを浮かべてそう言ったけれど、だからといって姿勢は崩せない。

「グレンとチェルシーは、昨日セレスアーク聖国から戻ったと聞いた。途中で土砂災害に遭ったらしいが、息災のようだな？」

国王陛下の言葉に、グレン様が頷く。

「先行していた優秀な騎士のおかげで、我々は難を逃れて、安全な迂回路を通り、数日遅れで戻って参りました」

「ほう？　その騎士には褒美を与えねばならん。何がいいだろうか？」

「騎士には後日、望みの品がないか確認しておきます」

グレン様がそう答えたところで、王妃様がわたしに向かって話し出す。

「長旅大変だったでしょう？　グレンくんの【治癒】スキルでは、体は癒せても心は癒せないもの。チェルシーちゃんはつらかったりしない？　大丈夫？」

「ご心配ありがとうございます。体も心も問題ありません」

笑みを浮かべながら答えれば、王妃様はほっと息を吐いた。

「そういえば、チェルシーちゃんの新しいお部屋はどうだったかしら？」

「宿舎の部屋と似た雰囲気でとても落ち着き、ゆっくり眠ることができました。部屋の場所は、陛下が決めて、内装は王妃様が整えてくださったのだと伺いました。しっかり休めるお部屋を用意してくださり、本当にありがとうございます」

わたしがその場でお礼を言うと、国王陛下がニヤニヤ笑いながら、グレン様に視線を向ける。

「部屋の場所は、グレンの希望を叶えただけだぞ？」

「最終決定権は陛下にあるので……！」

グレン様は少しだけ頬を赤くしながらそう答える。

「内装もグレンくんが整えたいって言っていたのよ」

「妃殿下……！」

王妃様の言葉にグレン様が慌てた様子を見せる。

「でも、結婚したらいくらでもグレンくんの好みにできるでしょ？　だから、居城のお部屋の内装選びは、わたくしに譲ってもらったの」

王妃様はふふっと小悪魔のように微笑みながら、そう言った。

結婚したら……グレン様の好みに……？

わたしはと言えば、あまり意識していなかった結婚という言葉を聞き、一気に顔を赤くする。

「その反応だと、二人はまだ結婚について話し合っていないのね？　時間は有限でしてよ。しっかり話し合いなさいね」

王妃様はそう言うとグレン様に厳しい目を向け、わたしにはにっこり微笑んだ。

「さて、本題に入るとするか」

国王陛下がさっと話を変えた。

「急な話だが、来週、セレスアーク聖国の大聖女の選定の見届け役を果たしたチェルシーのための祝賀パーティを行う」

「本当に突然ですね」

グレン様はなぜかムッとした表情になる。

どうしてそんな表情になるのかわからずに、小さく首を傾げていると、王妃様がくすっと笑った。

「グレンくんはチェルシーちゃんのドレスを用意したいのに、パーティまで時間がなくてできないから拗《す》ねているのよ」

まるでわたしの考えていることがわかったかのような王妃様の答えにも驚いたけれど、グレン様が拗ねていることにも驚いた。

「……婚約者を着飾らせたいと思って何が悪い……」

グレン様はぼそっとそんなことをつぶやいている。

もしかしたら、グレン様はわたしが思っている以上に独占欲が強いのかもしれない。

嬉しいような恥ずかしいような……なんだか照れてしまう。

「今回は見届け役を果たした褒美も兼ねて、王家からドレスと装飾品を贈ることになっている。それを身に着けて祝賀パーティに出席してもらうつもりだから、諦めろ」

国王陛下の言葉にグレン様は小さく頷いた。

「祝賀パーティでチェルシーちゃんが身に着けるドレスと装飾品は、王家の色を取り入れたものなの。楽しみにしていてね」

王家の色と呼ばれる紫色の衣装や装飾品は、王族から贈られた場合にのみ、身に着けることが許されている。

そんなすごいものをわたしが着るなんて!? という気持ちが湧くけれど、褒美を兼ねてということだから、ここは素直に受け取るべきだろう。

「ありがたく頂戴いたします」

そう答えれば、国王陛下と王妃様は満足げな表情で微笑んだ。

6. 祝賀パーティ

I'll Never Go Back to Bygone Days!

あっという間に祝賀パーティの当日がやってきた。

夕方から夜にかけてパーティは行われるそうで、昼食後から準備が始まる。

今日の祝賀パーティは、わたしが役目を果たして帰還したことを祝うためのもの。

つまり、わたしが主役のため、専属メイドたちの気合の入り方がすごい……。

バスルームでは徹底的に全身を磨いてもらい、ドレッサールームでは美しく見せるためにぎゅっとコルセットを身に着けさせられた。

背筋をピンと伸ばしたまま、ドレッサールームで立っていると、専属メイドの一人がウォークインクローゼットに大事にしまわれていた一着を運んでくる。

「本日のドレスはこちらになります」

役目を果たした褒美として贈られた紫色のドレスは、裾部分にぐるりと拳サイズの造花が縫い付けられたもので、くるりと回れば大きく広がってとても華やかでかわいらしい。

「イヤリングとネックレスも下賜された、こちらをお着けいたします」

紫色の魔石とアメジストを組み合わせたイヤリングとネックレスは、盗聴防止の効果と紛失した際に持ち主の元に戻ってくる効果がついているらしい。

ドレスに合わせた化粧を施してもらい、ネックレスが見えるように髪をアップにしてもらえば、普段とはまったく違う雰囲気になった。

「チェルシー様、とてもおきれいです！」

マーサさんが感極まった様子で褒めてくれた。

「ありがとうございます」

お礼を言ったあと、ずっと気になっていたことを尋ねる。

「そういえば、ジーナさんはお休みですか？」

今日は朝から、専属メイド筆頭のジーナさんを見かけていない。

こういったパーティなどの催し物のときの準備をジーナさんはとても好んでいるので、いないのは珍しい。

「ジーナは婚約者から本日の祝賀パーティには絶対参加するようにと強制されたらしく、お休みをいただいております」

「強制ですか……」

「せっかくの祝賀パーティでチェルシー様のお世話ができないことを、ジーナはとても悔しがっておりましたよ。ついでに婚約者のことを呪ってやりたいとも言っていました」

マーサさんはクスクス笑っている。

「もしかしたら、会場で会えるかもしれませんね」

そんな話をしていたら、わたしの部屋にグレン様がやってきた。

今日のグレン様は王弟として参加するため、わたしと同じように王家の色を身にまとっている。

「迎えに来たよ」

グレン様はそう言いながら部屋に入ると、さっと口元を手で押さえて、まじまじとわたしの姿を見つめる。

「妃殿下のセンスを認めないといけないね……」

そんなことを言ったあと、グレン様はわたしのそばまでやってきて耳元に口を寄せる。

「今日のルシーは一段とかわいくて、見惚《みと》れてしまったよ」

わたしにしか聞こえないくらいのささやき声で、愛称を呼び、さらに褒められるなんて……！

嬉《うれ》しいのとドキドキするのとで頭が真っ白になりそうになる。

「ありがとう、ございます」

真っ赤な顔になりながら、なんとか返事をすると、グレン様はさっと一歩離れた。

グレン様はとろけるような甘い笑みを浮かべて、嬉しそうにしている。

せっかく愛称を呼んでくれたのだから、わたしもお返ししたい……。

わたしはグレン様の両腕を摑《つか》みながら、背伸びしつつ、ぼそりと言った。

「アル様と同じ色をまとえて、とても嬉しいです」

すぐに一歩離れれば、グレン様は耳まで赤くして両手で顔を押さえていた。

「婚約者がかわいすぎる……」

グレン様がそうつぶやいたところで、マーサさんがパンパンと軽く手を叩《たた》いた。

「そういうのは、控室に移動してからしてくださいね」

グレン様は何度か深呼吸をしたあと、顔から手を離し、姿勢を正してからわたしに手を差し出す。

「では行こうか」

「はい」

頷《うなず》きながら返事をしたあと、そっとグレン様の手に、わたしの手を乗せた。

＋＋＋

以前、グレン様と婚約発表を行ったときは、居城の一階にある一室から、転移陣を使って会場の隣にある王族専用の控室に移動した。

今回は、帰還の報告を行うので、賓客用の控室に向かうことになっている。

転移陣ではなく、徒歩で賓客用の控室に入れば、王族専用の控室と同じように会場にいる人々のざわめきがよく聞こえてきた。

賓客用の控室には、わたしとグレン様だけで、護衛騎士やメイドたちは、気を遣ってくれて離れた場所に立っている。

入場まではまだ時間はあるけれど、ドキドキしてくる。

つい、きゅっとグレン様の手を握りしめた。

「前に緊張をほぐすために、手のひらに絵を描いて飲み込んだことは覚えている？」

グレン様は優しい声で問いかけてくる。

「チューリップの絵でしたね」

「婚約発表から二年経《た》ったのだと思うと感慨深いね」

グレン様の言葉に微笑《ほほえ》んでいたら、会場から男性の声が聞こえてきた。

「ジーナ・パーシー！」

あれ？　ジーナ・パーシーってわたし専属のメイドであるジーナさんの名前では？

「何事でしょうか？」

「何だろうね？」

わたしとグレン様はそうつぶやいたあと、賓客用の控室の入り口からそっと会場を覗《のぞ》き込んだ。

「貴様との婚約を今ここで破棄する！」

大きな声を上げている男性の向かいには、ドレス姿のジーナさんが立っている。

「ルシーの帰還を祝うためのパーティでなんてことを……！」

グレン様がとても低い声でぽつりとつぶやく。

ちらりと顔を見れば、無表情のまま目を細めて……とても怒っている！

何か声を掛けるべきかと迷っていると会場から丁寧な口調のジーナさんの声が聞こえてきた。

「理由をお聞かせ願えますか？」

男性はジーナさんに対して見下すような態度を取る。

「理由だと!?　そんなこともわからないのか！　貴様は私の愛するオリヴィエを階段から突き落とし、怪我《けが》を負わせた！　貴様に比べてオリヴィエは華やかで美しく、嫉妬する気持ちが起こるのも無理はない。だからといって、暴力に訴えるとはいかがなものか！」

男性は一気に言い切ると近くにいた見知らぬ女性をぎゅっと抱きしめた。

「あの男の名は、フランクリン。ヒスコック伯爵家の嫡男でジーナの婚約者だ。女のほうは、オリヴィエ。タナー男爵家の養女で、『嫉妬に駆られた代行者の崇拝者』と表示がある」

嫉妬に駆られた代行者の崇拝者とは、わたしと二代目の原初の精霊樹を狙っている危険な組織の人たちのこと。

この世界を創造主から任されて豊かにした代行者と嫉妬に駆られた代行者は別物で、本物の代行者であるサクラさんは、魔の森にある屋敷でひっそりと暮らしている。

「それはいつの出来事でしょう？」

ジーナさんが嫌悪感を露《あら》わにしながら尋ねると、令息はあからさまに馬鹿にしたような声を出す。

「一カ月前の出来事すら記憶にないのか！」

令息の言葉にわたしは首を傾《かし》げた。

「一カ月前であれば、ジーナさんはわたしと一緒にセレスアーク聖国にいました」

クロノワイズ王国の王都にいなかったジーナさんには、あの令嬢のことを階段から突き落とすなんて、絶対にできない。

そもそもジーナさんの性格から考えて、階段から突き落とす暇があったら、わたしのお世話をしたいと言い出すだろう。

「あの男は、あの女に騙《だま》されているのかもしれないね」

グレン様の言葉にわたしはだんだんと湧き上がってくる気持ちを押さえつつ、きっぱり言い放った。

「騙されていたとしても、ジーナさんに対してあのような態度と物言いは許せません」

わたしがとても怒っていることに、グレン様は驚いているようで、何度も瞬《まばた》きを繰り返している。

「あなたの言い分はわかりました。ここは祝賀パーティの場ですので、細かいことは後日話し合いましょう。皆様、お目汚し大変失礼いたしました」

会場ではジーナさんがそう告げたあと、賓客用の控室からこっそり覗いているわたしに視線を向け、頭を深く下げた。

わたしとグレン様が覗いていたことに気づいていたらしい。

「逃げるのか！」

令息の言葉を無視して、ジーナさんは会場を出ていく。

「ジーナさん……！」

賓客用の控室から会場に出そうになったところをグレン様に止められた。

「ルシーは今日の主役だから……。主役が追いかけるのはまずい」

「では、せめて他の人に念話で……」

わたしはそうつぶやくと、すぐに念話を使ってミカさんに話しかけた。

（ミカさん聞こえますか？）

（チェルシーちゃん!?　どうしたのよ～？）

伝達の精霊ルートと契約したことで使えるようになった念話は、触れた相手と頭の中で会話ができるというもので、使いこなせるようになると、一度でも念話をした相手とは、触れていなくても、遠く離れた場所にいても会話することができる。

（実は祝賀パーティの会場でジーナさんが婚約破棄を突き付けられまして……）

（パーティ会場で婚約破棄!?　それだけでだいたいわかったのよ～）

（ジーナさんの様子を確認していただけませんか？　あと、パーティが始まる前に帰ってしまったので、何も食べていないと思います。おいしい食事を運んであげてください）

（任せてなのよ～！　すぐ準備するのよ～）

ミカさんとの念話を終えて、ため息をつく。

「話は終わったのかな？」

「はい。ミカさんに頼みました」

そう告げると、グレン様は優しくわたしの背中を撫《な》でた。

「ひとまず、ジーナのことはミカに任せるとして……」

わたしがミカさんに念話を送っている間にも、令息と令嬢は騒ぎ、ジーナさんに対する暴言を吐いている。

さらに会場にいる他の貴族たちはあちこちで先ほどの出来事について話しているようだ。

「今日の主役であるルシーが会場入りすれば、話題の中心はジーナからルシーに移り、この場は収まると思う。少し早いけど、会場入りしてもいいかな？」

「はい！」

ジーナさんに対する暴言が止まるのであれば、多少目立ってもかまわない。

グレン様の言葉に勢いよく頷くと、わたしは何度も深呼吸を繰り返して、気持ちを落ち着けた。

そして、グレン様の腕に手を乗せる。

「いつでも出発できます」

会場の様子など知らないといった様子で微笑めば、グレン様も微笑み返してくれた。

「行こう」

背筋を伸ばして賓客用の控室から会場へと入る。

王家の色である紫を身にまとったグレン様とわたしが会場に入ると、令息はハッとした顔をし、令嬢はピタッと口を閉ざした。

他の貴族たちが話す噂話《うわさばなし》の内容も変わったように感じられる。

会場の中心まで進んだところでグレン様は立ち止まると、視線をわたしに向けて優しく微笑んだ。

わたしは周囲に気づかれないように、グレン様に念話を送る。

(しっかり話題の中心を移せましたね)

(そうだね。あとはあの男と女に注意しつつ、パーティを楽しもう)

(はい)

グレン様に微笑み返したところで、祝賀パーティが始まった。

国王陛下のお言葉から始まり、セレスアーク聖国の大聖女の選定の見届け役を果たして戻ってきたわたしへの褒賞の授与が行われる。

褒章は今回身に着けている王家の色を使った衣装とアクセサリー一式。

前回の見届け役をした王妃様も同じものを褒賞としていただいたらしい。

褒章を受け取ったあとは、歓談の時間となり、グレン様とわたしの前にはひっきりなしにあちこちの貴族が挨拶に来た。

その中には先ほどジーナさんに婚約破棄を突き付けていたヒスコック伯爵家の嫡男フランクリンとタナー男爵家の養女オリヴィエも含まれている。

令息は何事もなかったかのような表情で挨拶を行ったけれど、令嬢はわたしを睨《にら》んできた。

「あんなふうに睨んだら、敵視してますって言っているようなものなのに、いいのでしょうか……」

小さくつぶやけば、グレン様には聞こえていたようで笑いを耐えるように口元を押さえていた。

幕間1. ジーナとマーサとミカ

Interlude

婚約破棄を突き付けられたジーナは、王城の廊下を早足で駆け抜けていた。

ジーナとヒスコック伯爵家の嫡男フランクリンは、お互いの領地の結びつきを強くするという目的のため、政略的な婚約を結んでいる。

それをフランクリンの一存で破棄などできない。

「そんなこともわかっていなかったのね、あの人は……」

ジーナはそんなことをつぶやきながら、今夜のために居城に用意してもらった客室へと向かう。

勢いよく客室の扉を開ければ、ジーナの同僚であるチェルシー専属メイドのマーサがソファーに腰掛けていた。

「あれ？　なにか忘れ物でもした？」

まだ祝賀パーティの開始時刻ではなかったため、マーサはのんびり尋ねる。

ジーナは苦笑いを浮かべると身に着けていたアクセサリーを外し始めた。

「婚約者に強制されて、今回のチェルシー様のための祝賀パーティに出席することになったのは、伝えてあったわね？」

「チェルシー様のお世話をしたかった！って嘆いてたから、よく覚えてるよ」

「会場に入った途端、婚約破棄を言い渡されたの」

「はぁ!?　どうして!?」

外したアクセサリーをジュエリーボックスにしまい、マーサに手伝ってもらいながらドレスを脱ぎ、コルセットを外す。

「どうやら私、一カ月前に婚約者の愛人のなんとかっていう男爵令嬢を階段から突き落として怪我《けが》をさせたんですって」

「そうなんだ！ってありえないでしょ！」

マーサが大げさにジーナにツッコミを入れる。

「一カ月前って言ったら、私たちはセレスアーク聖国にいたんだから、どう考えたってありえない」

「そうなの。たぶん、あの人は適当な罪をでっちあげて人前で婚約破棄をする自分に酔いたかったんじゃないかしら」

「もしくは、愛人にいいところを見せたかったとかじゃないの？」

「そっちのほうが可能性高いわね」

すべて脱ぎ終え、いつものメイド服に着替え終わったところでノックの音がした。

「ミカなのよ～」

マーサが扉を開けるとトレイを持ったミカが入ってきた。

「あら、いらっしゃい」

「何かありました？」

マーサとジーナの言葉にミカはトレイの上に乗っている料理を指す。

「チェルシーちゃんから念話が届いたのよ～。ジーナさんがお腹《なか》を空《す》かせているかもしれないから、おいしい食事を持っていってほしいって頼まれたのよ～」

ミカはそう言うと、客室のローテーブルにキッシュの載った皿を置いた。

「ミカさん、ありがとうございます」

「お礼はチェルシーちゃんに言ってほしいのよ～」

「そうですね……やっぱり、チェルシー様は温かくてお優しい方ですね」

ジーナはほっこりした気持ちに包まれながら、かみしめるようにキッシュを食べ始める。

「それにしても、その元婚約者？　人前で婚約破棄とか言っちゃって、だいじょうぶ？」

マーサの言葉にミカは首を傾《かし》げる。

「できれば詳しく聞きたいのよ～？」

「実はね……」

先ほどまで話していた内容をマーサが伝えると、ミカは尻尾をぱんぱんに膨らませて、怒り出した。

「愛人を侍《はべ》らせて婚約破棄を突き付けてくるとか最低なのよ～！　ここがラデュエル帝国だったら、その元婚約者も愛人もぼっこぼこなのよ～！」

キッシュを食べ終えて口を拭ったジーナは、にっこりと微笑《ほほえ》む。

顔は笑顔だが、目は笑っていない。

「そもそもあの人は私が王城勤務なのが気に入らないみたいで、ことあるごとに『どうせ城で働いていると言っても下っ端なのだろう？』って見下してくるのよ。チェルシー様の専属メイドになったことは手紙で伝えたのに……きっと読みもせず捨てたんでしょうね」

ジーナの言葉を聞いたミカがハッとした表情になる。

「チェルシーちゃんは、王族とほぼ同等の身分を与えられているのよ～。そんな高貴な方に仕えてるなんて知ったら、すぐに手のひらを返して『婚約破棄はなかったことに！』なんて言い出しかねないのよ～！」

「そうかもしれないわね……気をつけないと……！」

人前で婚約破棄を突き付けられたことは腹が立つが、政略的な婚約の意味も理解できていないような男と結婚しなくて済んだことは、本当によかった。

ジーナは心の底からそう思った。

7. と作戦会議

I'll Never Go Back to Bygone Days!

祝賀パーティがお開きになってすぐ、わたしはグレン様とともに今夜のために用意したジーナさん用の客室を訪れた。

「突然押しかけてごめんなさい。どうしてもジーナさんのことが気になって……」

そう告げれば、メイド服に着替え終わったジーナさんが快く出迎えてくれた。

部屋に入るとジーナさんの他にマーサさんとミカさんもいる。

「チェルシー様、私のために食事を頼んでいただき、本当にありがとうございます」

何から話すか迷っていたところ、ジーナさんがお礼を言ってきた。

「お礼は運んでくれたミカさんに伝えてください」

そう言うとジーナさんはミカさんと目を合わせて、ふふっと小さく笑った。

全員ソファーに座ると、グレン様がジーナさんに問いかけた。

「あの男……フランクリンとは親しかったのか？」

ジーナさんは首を横に振る。

「幼いころから顔を合わせておりましたので、幼なじみではありますが、親しくはございません。婚約も政略的なもので、子爵家としては問題かもしれませんが、私としては結婚せず、生涯チェルシー様のお世話をしたいと考えておりましたので、喜んでおります」

そう告げるジーナさんは、強がっているわけでも悲観しているわけでもなく、むしろすがすがしい表情をしている。

さらに詳しく令息について聞くと、前々からジーナさんの仕事に難癖をつけていたり、勤め先を知らなかったり、誕生日であっても花の一つも贈ってこなかったり……婚約者であるのにひどい扱いを受けているのだとわかった。

話を聞いているうちに、わたしは先ほどまで抑えていた怒りを爆発させる。

「日ごろから不当な扱いをしていたことも、人前で婚約破棄を突き付けたことも、ひどいことだと思います！」

ぷんぷん怒りながら言うと、ジーナさんとマーサさんとミカさんが驚いた表情になる。

「ここまでチェルシーちゃんが怒るのはびっくりなのよ～」

ミカさんの言葉に、ジーナさんとマーサさんがうんうんと頷《うなず》いた。

ジーナさんは、わたしの専属メイドで、王立研究所に来てからずっとお世話になっている人。家族も同然だと思っているので、令息に対して怒りしかわかない。

「ありもしない罪をかぶせてくるなんて、ジーナさんから婚約破棄を突き付けるべきです！」

そう強く主張すれば、グレン様が強く頷いてくれた。

「そうだね。あまりにも理不尽だから、きちんと報いを受けてもらおう」

グレン様はそう言うと魔王のような笑みを浮かべた。

「この部屋に盗聴防止と進入禁止の結界を張った。ジーナには伝えておかなければならないことがある」

グレン様はそう前置きすると、令息の愛人で男爵家の養女である令嬢が嫉妬に駆られた代行者の崇拝者の一人であると伝えた。

以前、ノエル様のお家にお邪魔したとき、わたしとマーサさんは黒服の男たち……嫉妬に駆られた代行者の崇拝者たちに監禁されたことがある。

さらに、嫉妬に駆られた代行者の崇拝者たちは、城塞内にある二代目の原初の精霊樹に対して、魔物を使って攻撃しようとした。

それもあって、ジーナさんもマーサさんも代行者についてある程度は知っている。

「チェルシーを狙う組織の者がチェルシー専属メイドのジーナの婚約者を籠絡する……裏があるように思えるんだよね」

グレン様の言葉にわたしはハッとした表情になる。

「もしかしたら、ジーナさんを巻き込んでしまったかもしれません。ごめんなさい」

すぐに頭を下げれば、ジーナさんが首を横に振った。

「チェルシー様が謝る必要はございません。謝るのは、あちらですから」

「そうなのよ～！　悪いことをする人が悪いのよ～！」

ジーナさんとミカさんの言葉に少しだけ心が軽くなった。

「ともあれ、あの愛人の令嬢には注意したほうがいい。ジーナは後日、話し合いをするのだろう？」

グレン様の言葉にジーナさんが頷く。

「あちらの思惑を把握してから、話し合いに参加すべきだろう」

「どうやって調べるのよ～？」

ミカさんが首を傾《かし》げたところで、何もないところからぽんっと雲に乗ったシリルくんが現れた。

「こういうときこそ、ぼくの出番だよ！」

突然現れたシリルくんを見て、グレン様が不思議そうな表情をしている。

「盗聴防止の結界が張ってあっただろう？　どうやってこれまでの話を聞いていたんだ？」

「そんなの簡単だよ！　チェルシーが着替え終わったときからずっと一緒にいたんだから」

シリルくんはそう言うと雲の上で胸を張った。

「言っておくけど、ぼくだけじゃないからね？」

『ごめんなさい。ぼくも一緒にいました』

伝達の精霊ルートの声がすると、突然シリルくんの真横に現れる。

「チェルシーがとってもきれいなドレスを着てるから、二人で姿を消して、ずっとくっついていたんだよ」

シリルくんとルートは初顔合わせのあと、意気投合したようでいつも一緒に行動している。

「悪さをしたわけではないなら、チェルシーのそばにいてもかまわない」

グレン様が呆《あき》れた様子でそう言うと、シリルくんはべーっと舌を出した。

「ぼくもルートもチェルシーと契約してるんだから、グレンの許可なんかなくたって、そばにいるもん」

シリルくんはそう言うと、ルートの手を取ってわたしたちの頭上へと逃げるように移動する。

「えっと、それでシリルくんの出番って何かな？」

話を戻すためにそう言うと、シリルくんはピタッと動きを止めた。

「そうそう！　ぼくなら、これから何をしようとしてるか聞き出したり、過去に何をしてたか思い出させたりできるよ。夢の中ならみんな素直に教えてくれるからね！」

そういえば、シリルくんの夢の中に閉じ込められていたとき、子ども姿のわたしたちは、考えたことや思ったことがすぐに言葉になっていた。

『ぼ、ぼくもできるよ！』

シリルくんの隣でぱたぱたと飛んでいたルートがわたしの手の上に乗る。

『ぼくは触れた人の考えていることがわかるから、話し合いのときに伝えられるよ！』

初めてルートと出会ったときに、ノエル様が考えていたことをルートに教えてもらったのを思い出した。

「ルートの声は、俺とチェルシーにしか聞こえない。話し合いの場で考えていることを聞かせてもらえれば、優位に立てるね」

グレン様が魔王のような笑みを浮かべている。

「ぼくもルートもチェルシーの役に立ちたいんだ。だから、ぼくたちにも出番をちょうだい？」

シリルくんが両手を組んでお願いしてくる。

「二人とも危ない目に遭ったりしないなら、お願いしたいな」

そう答えれば、シリルくんは両手を上げて喜び、ルートは周囲をくるくる飛び回った。

「やっと役目をもらえたから、すぐに行ってくるね！　結果は明日、報告するよ！」

シリルくんはそう言うと霧のように消えていった。

「ひとまず一晩待つとしよう」

グレン様の言葉に頷き、この日はお開きとなった。

＋＋＋

翌日のお昼過ぎ、わたしたちは居城の西側にある応接室に集まった。

応接室であれば、わたしとグレン様が話していても違和感がないし、専属メイドであるジーナさんとマーサさんがいるのもおかしくない。

ミカさんにはお菓子を運んできてもらえば、いつもと同じ風景になる。

全員そろったのを確認すると、グレン様が応接室に盗聴防止と進入禁止の結界を張った。

「話が長くなるかもしれないから、ジーナとマーサとミカもソファーに座るように」

グレン様の言葉にジーナさんとマーサさんは躊躇《ちゅうちょ》しながら三人掛けのソファーに座った。

ミカさんは一人掛けのソファーに腰掛ける。

「では、シリルくんが見た夢の話を教えてもらっていいかな？」

わたしが尋ねるとシリルくんは嬉《うれ》しそうに頷く。

「うん！って言っても、言葉で説明するのは苦手だから、みんなには白昼夢を見てもらうよ」

シリルくんはそう言うと右手で壁を指した。

すると壁にとても大きな絵が現れる。

その絵にはジーナさんの元婚約者である令息と愛人の令嬢が描かれていた。

フェリクスお兄様のスキル【絵画】のようにそっくりな二人に、わたしは不快感を覚える。

「映画……いや、投影の魔道具のようなものか」

「これのほうがわかりやすいでしょ」

グレン様とシリルくんがそんな話をしていると、絵の中の二人が動いて話し出した。

どうやら令息と令嬢が出会って、恋に落ちる場面らしい。

「令息は、二カ月前に愛人ちゃんと出会ってあっという間に籠絡されたみたいだよ」

二カ月前と言えば……ジーナさんを含めたわたしたちはセレスアーク聖国の花園内にいた。

「婚約破棄したあとは、愛人ちゃんと婚約して結婚して、ゆくゆくは仕事もせずに遊んで暮らしたいって願望だったから、割愛するね」

シリルくんがそう言うと、場面が一転した。

次の絵は、薄暗い路地裏にフードをかぶった令嬢と見知らぬ男性が立っているというもの。

『今日からお前はタナー男爵家の養女だ。これからすべきことはわかっているな?』

令嬢はうんざりした表情をしている。

『わかっているわよ。ヒスコック伯爵家の嫡男フランクリンを籠絡して、婚約者の座を奪い取ればいいんでしょう?』

『その後のこともわかっているのか?』

『……婚約を結び直さないように、フランクリンを監視する……』

『わかっているならいい』

『この役目は年齢的にも外見的にも性別的にも私にしかできない、私にだけ与えられた崇高な使命なのよ。わからないわけないじゃない』

令嬢はそう言うと高らかに笑った。

『代行者様もおまえの働きに喜んでくださるだろう』

男性がそう言ったところで、令嬢は首を傾げ、男性を指す。

『ところで、あなたは何をするの？　まさか何もしない……とか？』

令嬢が蔑むような視線を向ければ、男性はムッとした声で応える。

『俺は婚約者のいなくなったパーシー子爵家の令嬢ジーナの新たな婚約者になるんだよ。そして、あの女の情報を引き出す！』

『……あなたなんかにできるの？』

男性はにやぁといやらしく笑うと令嬢を見下ろす。

『代行者様のためであればなんだってできる。おまえにできて、俺にできないわけがない』

『……』

令嬢と男性の会話はそこで終わり、壁に現れていた絵も消えた。

男性の言っていた『あの女』というのはわたしのことだろう。

「白昼夢はここまでだよ。ちゃんとチェルシーの役に立ったよ！」

雲に乗ったシリルくんがえへんと言いながら胸を張る。

「シリルくんありがとう。お礼は何がいいかな？」

「契約してるんだからお礼は言葉だけでいいんだよ。もし何かしたいっていうなら……今度、夢の中で遊んでほしい」

「わかった。きちんとシリルくんのために時間を作るね」

「やったー！」

シリルくんと約束し終わると、グレン様が顎に手を当て話し出す。

「夢の内容をまとめると……嫉妬に駆られた代行者の崇拝者たちは、チェルシーの専属メイドであるジーナの婚約者を入れ替えて、チェルシーの情報を引き出すのが目的のようだな」

グレン様の話を聞いているうちに、疑問がわいてくる。

「どうして彼らはこんな時間のかかる方法を選んだのでしょうか？　もっと身近な人と入れ替わればいいのではないでしょうか？」

首を傾げながらそう問うと、グレン様は苦笑いを浮かべた。

「チェルシーのそばにはそう簡単に近寄れないんだよ」

どういう意味なんだろう？

もう一度首を傾げると、ジーナさんが大きくため息をついた。

「チェルシー様のおそばに配置される者は、殿下の【鑑定】スキルによって、徹底的に調べられています。嫉妬に駆られた代行者の崇拝者にかぎらず、不穏分子であれば、調査段階で排除されます。また配置後も不定期に調べられておりますので、途中で入れ替わることもできません」

そんなことになっていたなんて!?

驚いてグレン様に視線を向ければ、視線をそらされた。

どうやら知られたくないことのようなので、それ以上深く追及しないでおこう……。

「殿下に【鑑定】スキルを使われない立ち位置からでないと、チェルシーちゃんの情報は得られないということなのよ～」

ミカさんの言葉に納得して頷く。

どうやら嫉妬に駆られた代行者の崇拝者たちは、以前に比べてとても慎重になったらしい。

「目的の前段階である、ジーナの婚約破棄が成立しなかった場合、もう一度、愛人の令嬢がけしかけてくるかもしれない。それを捕まえるのもいいかもしれないが……」

グレン様はそこで言葉を区切るとジーナさんに視線を移した。

「ジーナは、フランクリンとの婚約をどう思っている？　継続したいのか？　なかったことにしたいのか？」

「きれいさっぱりなかったことにできればと思っております」

ジーナさんはそう言い切った。

「であれば、ジーナとフランクリンの婚約は白紙撤回もしくは解消にしよう。婚約破棄という形ではなくなるが、ジーナに婚約者がいなくなれば、嫉妬に駆られた代行者の崇拝者的には問題ないはずだ」

白紙撤回であれば、文字どおり婚約そのものが初めからなかったという扱いになる。

解消であれば、婚約した形跡は残るけれど、お互いにわだかまりはないということになる。

パーティ会場で婚約破棄を突き付けられたのに、白紙撤回や解消で済ませていいのかな……？

少しだけモヤモヤとした気持ちが残った。

「令息との話し合いはいつ行う予定なんだ？」

「……私から連絡をしても返事をいただいたことがないので、あちらから連絡が来るのを待つしかない状況でございます」

連絡も一方的なものしかできていなかったの!?

どんどんモヤモヤとした気持ちが大きくなる。

そんなわたしに気が付いたのか、グレン様が背中を優しくなでてくれた。

「大丈夫だよ、チェルシー。きちんと報いを受けてもらおうと言っただろう？」

「はい、おっしゃっていました……」

ジーナさんの部屋で言っていた言葉を思い出して、こくりと頷く。

グレン様は深呼吸をしたあと告げた。

「では、王弟グレンアーノルド・スノーフレーク・クロノワイズの名において、ジーナ・パーシーとフランクリン・ヒスコックの話し合いの場を用意する。パーシー子爵家当主、ヒスコック伯爵家当主と、証人であるチェルシー・サージェントも参加するように」

魔王のような笑みを浮かべたグレン様の言葉に、わたしだけでなく、その場にいた全員が驚いた。

グレン様は第一王子がお生まれになったときに、公爵位を賜っているのだけれど、王族籍から抜けてはいない。

つまり、グレン様の正式な名前で呼び出しを行った場合、王家からの呼び出しという扱いになるわけで、きちんとした理由がなければ断ることはできない。

また、指定した者以外の参加は認められない。

「あのパーティは、王家主催のチェルシーのための祝賀パーティだったんだ。それを汚したのだから、相応の報いを受けてもらわないとね？」

グレン様はゾッとするほどの低音でそう言った。

わたし以上にグレン様は怒っているのだと、このとき初めて気が付いた。

＋＋＋

翌々日、王城の一室に王弟殿下の名前で呼び出された者たちが集まった。

婚約破棄を突き付けられた令嬢であるジーナさん。

ジーナさんの父であるパーシー子爵家当主。

婚約破棄を突き付けた令息フランクリン。

フランクリンの父であるヒスコック伯爵家当主。

それから呼び出した本人である王弟殿下のグレン様と婚約者のわたし。

あとは伝達の精霊ルートがこっそりと部屋に潜んでいる。

「私の呼びかけによく集まってくれた」

グレン様が国王陛下のような物言いでそう言うと、その場にいる全員が深々と頭を下げた。

「このような場を設けていただき、感謝しております」

グレン様の次に身分の高いヒスコック伯爵家当主が代表してそう告げる。

挨拶が終わるとグレン様の指示で全員、ソファーに腰掛けた。

「今回の呼び出しについてだが……先日の祝賀パーティの開始直前、ヒスコック伯爵令息が、パーシー子爵令嬢に一方的に婚約破棄を突き付けた」

ヒスコック伯爵家当主は片方の眉を一瞬クイッと上げただけで、何も言わない。

部屋を飛び回っていたルートがヒスコック伯爵家当主の頭上に止まった。

『やはり、バカ息子がやった婚約破棄についての呼び出しか……。私のいない場所で、とんでもないことをやらかしおって！って言ってる』

ルートの言葉を聞くかぎり、令息が祝賀パーティの会場でジーナさんに婚約破棄を突き付けたとき、ヒスコック伯爵家当主は祝賀パーティ会場にいなかったようだ。

たぶん、令息がヒスコック伯爵家当主の名代として出席していたのだろう。

「本来であれば、貴族同士の話し合いに王族が口を出すことはあまりないのだが……今回にかぎってはそういかない。なぜなら、私の愛する婚約者のために開かれた王家主催の祝賀パーティでの出来事だからだ」

グレン様が愛する……と言ったところで、隣に座るわたしの腰をそっと引き寄せた。

人前なので恥ずかしくて、ほんのり頬が赤くなる。

「さらに言うと……今回、婚約破棄を突き付けられたパーシー子爵令嬢は、私の婚約者の専属メイド筆頭である。なにやらすれ違っている部分が多いようだからな、両家の意見をしっかり聞くことにした」

グレン様は魔王様のような顔で笑っているけれど、目は笑っていない。

「……王弟殿下の婚約者の専属メイドだと!?」

ルートは、わなわなと震えている令息の頭上へと移動する。

『王城勤務だとは聞いていたが、専属メイドだったとは……！　そんなこと聞いてないぞ！って言ってる』

たしか、ジーナさんは手紙で勤め先を教えたって言っていた。

本当にジーナさんの勤め先を知らなかったんだ!?

驚いたけれど、表情には出さない。

「まさか婚約者の勤め先を知らなかったのか？　私の婚約者の専属になってから、そろそろ三年は経《た》つはずだが？」

グレン様が不思議そうに軽く首を傾げながら尋ねると、令息はジーナさんをきっと睨《にら》んだ。

『なぜそんな大事なことを言わないんだ！　本当に使えない女だな！って言ってる』

ジーナさんを悪く言うなんて、許せない……！

ムッとした顔になりかけて、奥歯をぎゅっと噛《か》んで堪《こら》えた。

「では、本題に入る。ヒスコック伯爵令息が婚約破棄を突き付けた際に、パーシー子爵令嬢に対して言った婚約破棄の理由を覚えているか？　答えよ」

令息はハッとした表情になるとギッとジーナさんを睨みつけながら一気に告げる。

「恐れながら殿下にお伝えいたします。ジーナは約一カ月前、私と仲の良い令嬢を階段から突き落とし、怪我《けが》を負わせました！　私とその令嬢との仲に嫉妬しての行動だと思いますが……だからといって、暴力に訴えていいものではありません！　私は暴力的な女性を伴侶にしたくない！　よって、婚約破棄を申し渡しました！」

『言ったことと考えてることがまったく同じ』

ルートはそう言うとペシペシと令息の頭を叩《たた》いた。

パーシー子爵家当主はムッとした表情のままだまり、ヒスコック伯爵家当主は鬼の形相で令息を睨んでいた。

もしかしたら、当主たちは、令息の言った婚約破棄の理由が不当なものだと気づいたのかもしれない。

「先ほども伝えたが、パーシー子爵令嬢は、私の婚約者の専属メイド筆頭である。私の婚約者が向かう場所には必ず同行している。さて、先日の祝賀パーティは何のために行われたものだったか？」

『何のため……？　何かを祝うパーティだとしか記憶にない……って言ってる』

令息は返事に困り、口を開けたり閉じたりするだけで何も言わない。

「先日のパーティは、私の婚約者がセレスアーク聖国での役目を果たし、三カ月ぶりに帰還した祝いのために行ったものだ。では、パーシー子爵令嬢。一カ月前はどこで何をしていた？」

「一カ月前であれば、私は主であるチェルシー様とともにセレスアーク聖国におりました」

ジーナさんは胸を張りながら、グレン様の問いに答える。

「私の愛する婚約者チェルシー。一カ月前にパーシー子爵令嬢とともにいたか？」

「はい。わたしはセレスアーク聖国にて、大聖女の選定の見届け役という大任を遂行しておりました。ジーナには、わたし専属のメイド筆頭として、毎日お世話をしていただいておりました」

わたしもジーナさんに倣って、胸を張りながら答えた。

きちんと主従関係があるのだと示すために、ジーナさんのことを呼び捨てにするのも忘れない。

『そんな……うそだ……ジーナが王都にいなかったなんて、うそだ……って言ってる』

令息は今にも倒れそうなほど顔色を悪くしている。

「約一カ月前にヒスコック伯爵令息の愛するタナー男爵令嬢を階段から突き落とし、怪我を負わせたのはパーシー子爵令嬢ではない。それは冤罪《えんざい》だ」

きっぱりとグレン様がそう言うと令息は叫び出した。

「そんなわけがない！　オリヴィエは俺に言ったんだ！　ジーナに階段から突き落とされたって！　そのときの怪我も見せてもらった！　嘘《うそ》じゃないんだ！」

「階段から突き落とした現場を見たのですか？　話を聞いただけではないですか？」

わたしが尋ねると令息の動きがぴたりと止まる。

「いったいどこの建物の階段で突き落としたのですか？　それは階段の一番上からですか？　一段目からですか？　階段の一番上から突き落とされた場合、たいていの令嬢はか弱いので、軽い怪我では済みません。場合によっては、打ち身だけではなく、皮膚がめくれることもあれば、骨が折れることもございます。怪我はどれくらいひどかったのですか？」

淡々と畳みかけるように問えば、令息は呆然《ぼうぜん》としながら答えていく。

「どこって……大聖堂の階段の一番上から突き落とされたって……腕に青あざがあっただけで、そこまでひどいものじゃなかった……オリヴィエはか弱い令嬢のはずだ……俺……騙《だま》されたのか？」

令息はそう話したあとは、がっくりと肩を落として下を向いたまま動かなくなった。

『……なんか、オリヴィエって人との出会いを語り始めたから、別の人のところへ移るね』

ルートはそう言うと、令息の頭上から離れた。

「冤罪による婚約破棄を私の愛する婚約者のための祝賀パーティで行ったわけだが、息子の不始末、どう対処するつもりだ？」

「フランクリンは廃嫡し、親戚筋から養子を取って後継ぎとして育て直します。廃嫡に伴い、婚約はこちらの有責で破棄としましょう。この度は愚息が申し訳ありませんでした」

ヒスコック伯爵家当主はそう言うと立ち上がり、ジーナさんとパーシー子爵家当主に頭を下げる。

パーシー子爵家当主は一応、納得したようでため息をつきながら頷いた。

「これでこの話はひと段落……と、いきたいところなんだが、そういうわけにもいかなくてね？」

グレン様はそう言うと、真剣な表情になった。

「ヒスコック伯爵令息とパーシー子爵令嬢の婚約破棄は即日行っていただき、ヒスコック伯爵令息の廃嫡については一カ月ほど待ってもらいたい」

「……理由をお聞かせ願えませんか？」

今までずっと黙っていたジーナさんの父、パーシー子爵家当主が尋ねる。

ルートがさっとパーシー子爵家当主の頭上へと移動した。

「今回の騒動は、タナー男爵家の令嬢オリヴィエの言動によって起こったのではないかと推測している。では、なぜタナー男爵家令嬢はこんなことを起こしたのか気にならないか？」

グレン様がそう尋ねると、ヒスコック伯爵家当主もパーシー伯爵家当主もハッとした表情になる。

『娘を陥れるためにしては、いささか稚拙に感じる……って言ってる』

ルートは、ジーナさんの父であるパーシー子爵家当主の心の声を伝えていく。

「万が一、令嬢の目的がヒスコック伯爵家とパーシー伯爵家の間に不和を生み出すことだったら？　もしくは両家を陥れて失脚させるためだったら？　結局はタナー男爵家の令嬢オリヴィエ本人に確認しなければわからない」

『たしかに調べる必要はある！って言ってる』

パーシー子爵家当主がごくりと息を飲むとグレン様が話を続ける。

「タナー男爵家の令嬢オリヴィエに関してはしばらく泳がせておき、その間に他に不穏分子がいないかも含めて調査をすべきだ」

「なるほど」

パーシー子爵家当主が納得したところで、グレン様は令息へと視線を向けた。

「というわけだから、一カ月ほど様子を見るために、ヒスコック伯爵家の令息フランクリンには、タナー男爵令嬢の監視をしてもらいたい」

令息はのろのろとグレン様に視線を向け、ルートはいそいそと令息の頭上へ飛び移る。

『オリヴィエの監視……？　俺を騙したあの女のそばに行けと？って言ってる』

「もしタナー男爵令嬢が今回の騒動の原因だとわかった場合、婚約破棄は覆せないが、廃嫡については考え直してもいい。騙されていたのであれば、多少の情状酌量の余地はあるだろう」

グレン様の言葉を聞いているうちに、令息の瞳に光が戻っていくのがはっきりとわかった。

『ジーナとの関係は別に何もなかったから、婚約破棄はどうでもいい。それよりも廃嫡が取り消されて平民にならなくて済むなら、なんだってやる！って言ってる』

ルートの言葉を聞いてグレン様は確信を得たようで、令息をじっと見つめた。

「一カ月間、タナー男爵家の令嬢オリヴィエを愛するふり……できるかい？」

「やります」

『やってやる！　あの女を見返してやる！って言ってる』

令息の返事とルートの言葉を聞き、グレン様は静かに頷いた。

その後、ヒスコック伯爵家とパーシー子爵家の関係をどうするかという話になったけれど、今回の騒動の主犯が誰かはっきりするまで保留となった。


ヒスコック伯爵家当主と令息、パーシー子爵家当主が部屋を出ていき、グレン様とわたしとジーナさん、それからルートが残った。

「これでチェルシーの願いどおりに、ヒスコック伯爵家の有責での婚約破棄、つまりジーナが婚約破棄を突き付けた形になった」

グレン様の言葉を受けて、ジーナさんに尋ねる。

「ジーナさんは婚約破棄してよかったのでしょうか？」

「どうやらきちんと伝わっていなかったようですね」

ジーナさんはそう言うと心の底から嬉しそうな笑みを浮かべた。

「婚約破棄できて喜んでおります。はっきり言って、あんな男願い下げです」

きっぱりと答えるジーナさんはどこか清々《すがすが》しくも見える。

ホッとしたところで、伝達の精霊ルートがふわりとわたしの前に飛び出してきた。

『ぼくもちゃんと役に立ったかな？』

「とても助かったよ、ありがとう。ルートはどんなお礼がほしい？」

そう尋ねると、腕を組み悩み始める。しばらくするとパッと表情を輝かせた。

『保管庫の精霊たちと一緒に食べられるお菓子がほしい！』

ルートの言葉に、わたしはなんだか嬉しくなった。

「あとでスキルを使ってたくさん生み出して渡すね」

『わーい！　みんなにも教えてくる！』

ルートはそう言うと左手首に着けている精霊樹で出来たブレスレットの中にすっと消えた。

「これで敵の思惑どおりに婚約破棄が成立した。次はジーナを狙う男が現れるだろう」

「その男性を捕まえるんですね？」

わたしの言葉にグレン様が頷く。

「もちろん、男を捕まえたあとは、タナー男爵家の令嬢オリヴィエも捕まえる。あの女からはいろいろ聞き出さねばならないしね。フランクリンの働きを期待しているよ」

グレン様はそう言うと魔王のような笑みを浮かべた。

8. 二通の手紙

I'll Never Go Back to Bygone Days!

話し合いから数日後、迷った様子のジーナさんが話しかけてきた。

「チェルシー様、失礼いたします。先日、私宛に手紙が届きまして……」

どんな内容だったかすぐに聞きたかったけれど、グレン様と一緒に聞いたほうがいいだろうと思い、ぐっと我慢する。

「グレン様と一緒にお話を伺いますね」

そう告げれば、ジーナさんは頷《うなず》いた。

今の時間であれば、グレン様は執務室にいるはず。

すぐに訪問のお伺いを立てれば、「いつ来てもいいよ」という返事をいただいた。

身支度に問題ないのを確認したあと、ジーナさんと一緒にグレン様のもとへ向かう。

執務室へ入れば、グレン様は嬉《うれ》しそうに微笑《ほほえ》む。

「ちょうど休憩したかったんだ。助かったよ」

グレン様はそう言うと補佐官たちに休憩を取るよう申し付けて、部屋から追い出した。

「それで用事というのは……ジーナの件かな？」

「はい。ジーナさん宛に手紙が届いたそうです」

そう答えると、グレン様はわたしの手を引き、三人掛けのソファーに座らせる。

そして、ジーナさんに向かいのソファーに座るよう促した。

ジーナさんはメイドだからと一度は断ったのだけれど、話が長くなるだろうからとグレン様に言われて、しぶしぶソファーに腰掛ける。

「手紙の内容はどういったものだったんだ？」

グレン様に問いかけられたジーナさんは、そっとローテーブルの上に二通の手紙を置いた。

「何らかの細工が施してある可能性も考えまして、まだどちらも開封しておりません」

一通は上質な紙を使った封筒に飾り模様が描いてあり、しっかりと封蠟《ふうろう》がしてあるもの。

もう一通は飾り気のないもので、こちらもしっかりと封蠟がしてある。

「その判断は正しい。こっちのシンプルなほうの手紙には、開封すると気分が高揚する効果と判断力が低下する効果が施されている」

グレン様は鑑定結果を言いながら、飾り気のない手紙の封蠟部分をつついた。

「この封蠟部分に極小の魔道具が埋め込まれている。こういった細工は多く出回っているから、解除は簡単だ。先に、安全な手紙のほうを開封するといい」

「はい。承知いたしました」

ジーナさんは頷くと、メイド服のポケットから小型のナイフを取り出す。

そしてさっと飾り模様の描かれた手紙の封を切った。

中に入っている手紙を取り出して、読み進めていくうちにジーナさんはどんどん困惑した表情へと変わっていく。

最後まで読み終わったところで、首を傾《かし》げながら、わたしとグレン様に手紙を差し出した。

グレン様が受け取り、一緒に手紙を読む。

『ジーナ・パーシー様
初めてお見かけした日からずっと、あなたをお慕いしています。
どうか、私と結婚を前提に交際してほしい。

アリスター・クラーク　』

読み終わったあと、わたしとグレン様はちらりと部屋の入り口に立つグレン様専属の護衛騎士アリスター・クラークへと視線を向けた。

「アリスター・クラーク。この手紙を送ったのはおまえで間違いないな?」

「はい。間違いありません」

グレン様の問いかけに、アリスターさんは顔を真っ赤にしつつ頷く。

そして、すぐにグレン様に頭を下げた。

「今、ここで……みなさんがいらっしゃる前でお話しする時間をいただけますでしょうか？」

グレン様はしかたないと言いたげな笑みを浮かべながら、ジーナさんに視線を向ける。

「ジーナはいいのか？　二人きりで話したいのではないか？」

「話し合いの日にも、彼は殿下の護衛騎士として同席していました。状況を理解しているはずなのに手紙を送ってきたことについて、しっかり理由を伺いたいです」

ジーナさんはきっぱりとそう告げるとアリスターさんを軽く睨《にら》んだ。

「チェルシーもいいかな？」

「はい。かまいません」

グレン様に頷いたあと、わたしはこっそりルートを呼び出した。

そして、アリスターさんの本心を教えてくれるよう頼む。

ルートはこくこくと頷くとアリスターさんの頭上へと移動していった。

アリスターさんは部屋の入り口から数歩進んだところで立ち止まり、ジーナさんに向けて姿勢を正して話し始める。

「私は初めてお見かけした日から、ジーナ嬢に一目惚《ひとめぼ》れをしてしまいました！　告白しようと思っていた矢先に、ジーナ嬢には婚約者がいると知り、想《おも》いを告げるのを諦めていました！　ところが、先日の騒動でジーナ嬢は相手の有責で婚約を破棄しました。正直、今を逃したら二度とチャンスは来ないだろうと思い、手紙を送りました」

『この人、考えていることと話していることがまったく同じ！』

ルートが断言する。

「状況を鑑みれば、事件が解決してから手紙を送るのが最適解だったかもしれません。ですが、組織の男以外にジーナ嬢に手紙を送る者がいたら……そう考えたらなりふりかまっていられなくなりました！　私はジーナ嬢のことが好きすぎて、我慢ができなかった！　これが手紙を送った理由です」

アリスターさんはさらに畳みかけるように話を続ける。

「ジーナ嬢、私と結婚を前提に交際してもらえないだろうか？　殿下とチェルシー様は必ず結婚する。私とジーナ嬢が結婚した場合、私は殿下を守り、ジーナ嬢はチェルシー様のお世話を続けることができる」

アリスターさんの言葉にジーナさんは心惹《ひ》かれたようで、表情が迷うようなものへと変わった。

そんなジーナさんの変化に気づいたグレン様はニヤッと笑う。

「そういえば陛下から、土砂災害の難を逃れるために貢献した護衛騎士に褒美を与えるよう言付かっていたんだが、あの日、次の村へ先行していたのはアリスター、おまえだったな」

言われてみれば、あの日、街道の先で土砂災害が起こっていると伝えてくれたのは、アリスターさんだった。

「アリスターはクラーク伯爵家の三男だから、伯爵位は望めない。だが、褒美として一代限りの騎士爵を賜ることは可能だ。そうすれば身分差は埋められる。騎士爵の妻ならば、生涯チェルシーの専属メイドを続けることもできるね」

『殿下が後押ししてくださるなんて、きっと明日は嵐になるに違いない！って言ってる』

ルートの言葉に噴き出しそうになった。

「俺としては、鑑定結果的にも立場的にもアリスターをおすすめしておく。もし交際をするなら、パーシー子爵家当主にも話をつけよう」

グレン様の勢いに飲まれて、ジーナさんが何かを言おうとしている。

わたしはさっと片手を挙げた。

「アリスターさんが本気なことも、グレン様が後押しするほどの人物だということもわかりました。わかったからこそ、ジーナさんに考える時間をあげてほしいです」

ジーナさんは、政略的な婚約で苦労した身だから、次にお付き合いするならしっかり考えて選んでほしい。

そう伝えるとジーナさんはわたしに向かって嬉しそうに微笑んだ。

「チェルシー様、ありがとうございます。きちんと考えてクラーク伯爵令息にはお答えいたします」

『向き合ってもらえただけでもありがたい……って言ってる』

どうやらアリスターさんは前向きな性格らしい。

いろいろ考え込むジーナさんとは相性がいいかもしれない。

そんなことを考えているうちに一通目の手紙についての話は終わった。

「次は二通目の手紙だね。まずは、封蠟に忍ばせている魔道具の効果を解除する」

グレン様はそう言うと、ローテーブルの上に置いてある二通目の手紙の封蠟部分に向かって、何事かをつぶやいた。

「魔術を使って、魔道具についている効果を解除した。鑑定結果でも無害になっている。開けてみてくれ」

「はい」

ジーナさんは緊張した面持ちで小型のナイフを使って手紙の封を切る。

そして入っていた手紙を取り出して一読すると、とても嫌そうな表情をしながら、ローテーブルの上に置いた。

「頭おかしいのでは……」

ジーナさんがそんなことを言うのは珍しい……！

心の中で驚いていたら、何かを察したルートがふわっと飛んで、ジーナさんの頭上へと移動した。

『顔も名前も知らない人から、こんな内容の手紙が送られてくるなんて、気持ち悪いなんて言葉では済まないわ……って言ってる』

ジーナさんがそこまで嫌がるなんてどんな内容なんだろう？

二通目の手紙を見てみれば、ジーナさんと会って話がしたい、ジーナさんの次の休みの日を把握しているので、その日に王都の東の植物園であなたが来るまでずっと待っている……といったことが書かれていた。

たしかにこれは気持ち悪いというか怖い……。

「差出人はオルドリッチ子爵家の令息ニコラス……こいつも養子だな。オルドリッチ子爵は子宝に恵まれず、後継になりそうな親戚もいないため、養子を迎えたと言っていた」

そういえば、ジーナさんの元婚約者に言い寄っていた女性も男爵家の養女だった。

「もしかして、嫉妬に駆られた代行者の崇拝者たちは、貴族家に養子を送り込んでいるのでしょうか」

そう言うとグレン様がため息をついた。

「その可能性は大いにあるね。チェルシーは知っていると思うけど、パーティでは挨拶を交わす人数が多すぎてね……相手の名前を間違えないためにも【鑑定】スキルを使っているんだ」

婚約発表の場で、たくさんの人と挨拶を交わしたときに、あまりにも人数が多くて、途中で誰が誰だかわからなくなってしまった。

それをグレン様に告げると、グレン様もときどきわからなくなるらしく、【鑑定】スキルを使って確認しながら挨拶をしているのだと言っていた。

「今まで俺が確認していた範囲内……パーティに参加していたクロノワイズ王国の王侯貴族の中に嫉妬に駆られた代行者の崇拝者はいなかった。城塞内にいるチェルシーと二代目の原初の精霊樹に接触するには、ある程度の身分が必要となる。だから、養子を送り込んでいるのかもしれないね」

グレン様はそう言ったあとに手紙へと視線を戻す。

「見知らぬ者から送られたにしては、だいぶ怖い内容の手紙だね」

わたしとジーナさんは強く頷き、アリスターさんは眉間にしわを寄せている。

「正常な状態でこの手紙を読んでも、植物園に行く気にはならないが、先ほど解除した気分を高揚する効果と判断力が低下する効果があれば、自分のことを理解してくれる人と認識して、会いに行っていた可能性がある」

「開封する前に殿下に確認していただけて、本当に助かりました。ありがとうございます」

ジーナさんはグレン様に深々と頭を下げた。

「チェルシーの専属メイドだから、それくらい当然だよ」

『なんてことない風におっしゃっているけれど、あの魔道具の解除はそう簡単にできるものではないわ……。本当に殿下に……いいえ、チェルシー様に感謝しなくては！って言ってる』

ルートの言葉に首を傾げそうになる。

解除をしたのはグレン様なのだから、感謝をする相手はわたしではないと思う……。

「このタイミングで手紙を送ってきたこと、手紙に怪しい効果をつけていたこと、爵位を返上予定のオルドリッチ子爵の養子であること、この三点から、ニコラスはほぼ組織の者だと思っていいだろう。さて、どうやってあいつらを出し抜こうか」

グレン様は魔王のような笑みを浮かべながらそう言った。

オルドリッチ子爵令息はジーナさんに日時と場所を指定して呼び出している。

先に指定場所に行き、待ち構えていればいいのでは？

ジーナさんの休みの日を把握しているくらいだから、いつもどおりの姿で待ち構えても見つかってしまうかもしれない。それなら……！

「変装して、みんなで植物園に行くというのはどうでしょうか？」

王都の東の植物園はとても広くて複数の温室があると、植物が大好きなわたしの友だちのウィスタリア侯爵令嬢ノエル様からお話を聞いたことがある。

「植物園は敷地が広いので、お客として紛れてしまえばわからなくなるかと思って……」

そう言うと、グレン様がきょとんとした表情になった。

「それは名案だが……チェルシーも行くのかい？」

「はい。わたしにはグレン様のくださった指輪型の魔道具があるので、怪我《けが》をすることはありません。万が一誘拐されても、ブレスレットを通じて応援を呼ぶことができますし、種を生み出せるので餓死することもありません。あとはその……セレスアーク聖国で攻撃系の魔術を教わりまして、止まっている的であれば、当てることができます」

守られるだけの存在ではないこと、戦う術《すべ》を手に入れたこと。それを必死で説明したら、グレン様は苦笑いを浮かべた。

「やっぱりチェルシーもサージェント辺境伯家の血をしっかり引いているんだね」

サージェント辺境伯家が持つ領地は、魔の森とラデュエル帝国に隣接していて、魔の森からは大量の魔物が、ラデュエル帝国からはならず者がやってくる。

それらから領地をひいては国を守ってきた貴族なので、自然と身を護《まも》る術や戦う術を学びたくなる気質がある。

わたしは形式上、サージェント辺境伯の養女だけれど、産みの母は養父の妹にあたる。

しっかりとわたしの身にもサージェント辺境伯家の血が流れているのだと感じて、とても嬉しく思った。

「今のチェルシーなら、一緒に行っても大丈夫だろう」

「よかった……」

グレン様の言葉にほっと息を吐く。

「では、チェルシーの案を採用しよう。誰がどのような変装を行うかだが……」

「変装に関しては、私に……いえ、メイドたちにお任せくださいませ」

ジーナさんが普段のきりっとした表情で告げる。

『チェルシー様が着る衣装をこの場で決めるわけにはいかないわ……衣装担当のメイドたちと妃殿下にもお話を通さなくては……って言ってる』

どうして王妃様が出てくるのだろう？

不思議に思ったけれど、言葉にしない。

グレン様は一瞬、顔を引きつらせていた。

「……できるだけ動きやすい服装で頼む。捕縛については同行する騎士たちと決めよう」

アリスターさんがグレン様の言葉に頷く。

それからジーナさんのお休みの日までにみんなで準備を整えることになった。

9. 衣装選び

I'll Never Go Back to Bygone Days!

翌日、わたしとグレン様とジーナさんは王妃様に招かれて、居城の会議室のような大きなテーブルと椅子がたくさんある一室を訪れていた。

部屋の奥側にある椅子に座るよう促される。

「みんなで変装するのですってね？」

どうやら、今回の騒動についてはすでに国王陛下と王妃様の耳にも入っているらしく、変装したわたしたちが組織の者たちを待ち伏せして、捕まえようとしていることも知っていた。

「わたくしにもそのお手伝いをさせてちょうだいね」

王妃様は有無を言わせぬ笑みを浮かべると、王妃様付きのメイドたちを部屋に呼んだ。

「……妃殿下がこの笑みを浮かべたら、もう誰も止められない」

グレン様がわたしの耳に届くくらいの小声でつぶやく。

「変装なんて面白いこと、滅多にないのですから、楽しみましょうね」

王妃様はそう言うとメイドたちに椅子に座るよう言った。

とても緊張した面持ちで座っているジーナさんとは違って、メイドたちは慣れているようで軽く挨拶をすると微笑《ほほえ》みながらすぐに椅子に座る。

全員座ったことを確認すると、王妃様がジーナさんに視線を向ける。

「まずは場所の確認をしましょう。待ち合わせの場所はどこだったかしら？」

「王都の東の植物園のゲート前でございます」

ジーナさんが姿勢を正して真面目に答えれば、王妃様は苦笑いを浮かべる。

「できれば、お友だちとお話ししているときみたいに、遠慮せずに話してくれると嬉《うれ》しいわ。もちろん、チェルシーちゃんもよ？」

「は、はい」

こくこくと頷《うなず》けば、王妃様はふふっと微笑んだ。

王妃様に対して、友だちと話しているように……というのははっきり言って難しいのだけれど、意見はしっかり言うようにしよう。

グレン様はしかたないと言いたげな表情で小さく頷いている。

「東の植物園ね……どんな場所か、どんな人たちが訪れるのか、詳しい者はいるかしら？」

王妃様がメイドたちに視線を向ければ、メイドの一人が片手を挙げながらにっこり微笑んだ。

「先日お休みをいただいたときに行ってまいりましたので、参考になるかもしれません」

そう前置きすると、王都の東の植物園について詳しく説明してくれた。

王都の東の植物園は、広大な敷地の中に複数の温室とレストラン、宿泊施設などがある場所で、温室はテーマごとに植えられている植物の種類が違うらしく、とても見応えがあって楽しめる場所だそうだ。

また、入場料を払わなければ入れない場所ということもあって、貴族や裕福な商人など、それなりの身なりの者しかいないらしい。

メイドの説明が終わると王妃様が顎に軽く手を当てた。

「お忍びで着ていく平民のような服では浮いてしまうということね？」

王妃様の質問に、答えたメイドが頷く。

「騎士たちには、貴族らしい服を着てもらえばいい」

グレン様がざっくりとそう言うと、王妃様が首を傾《かし》げた。

「捕縛に向かうのは男性の騎士だけなの？」

「いや、女性の騎士も数名います」

「では、男性騎士と女性騎士で組んで、デートを装って植物園内を巡回してもらいましょう。しっかり、デート前の男女のように身だしなみに注意させてちょうだいね。他の男性騎士たちは、ゲート前で待ち合わせをしているふりをさせておけばいいかしら……」

「それはいいですね。あとで同行する騎士たちに伝えておきます」

グレン様がそう答えると王妃様は軽く頷いた。

「次は、ジーナとチェルシーちゃんとグレンくんの服装を決めましょう」

王妃様がそう言うとメイドの一人がメモを取り始めた。

「ジーナには何を着せたらいいかしら？」

王妃様が首を傾げると、メイドたちが一斉に意見を出し始める。

「待ち合わせに向かういわば主役ですので、華やかなデイドレスなどいかがでしょうか？」

「お茶会でもないのに華やかな装いは目立ちすぎるのではありませんか？」

「初デートみたいなものでしょう？　清楚《せいそ》なほうがいいかもしれません」

メイドたちは、王妃様とグレン様の前だというのにものすごい勢いで意見を出していく。

きっと普段から、王妃様とメイドたちはこういったやりとりをしているのだろう。

じっとメイドたちの意見を聞いていたら、王妃様の視線がジーナさんに向いた。

「ジーナはどうしたいのかしら？」

「私の服に関しては、みなさまにお任せしたいと思っております」

ジーナさんの言葉に王妃様は「ふうん？」とつぶやき、今度はわたしに視線を向けた。

「では、チェルシーちゃんはどう思いまして？」

「待ち合わせの相手は、ジーナさんの仕事や休日を調べ上げている人なので、普段とかけ離れた服装だと不審に思うかもしれません。普段の装いに少しだけアクセサリーを足すくらいがいいのではないでしょうか？」

そう答えると、王妃様は軽く頷く。

「そうね、不審に思われては台無しだわ」

王妃様のその一言で、ジーナさんが普段着ているような刺繍《ししゅう》付きの白いブラウスと紺色のスカート、襟元に大きなリボンという服装に決まったのだけれど……。

「騎士たちが守りを固めていても、万が一ということもある。身を護《まも》る魔道具や居場所がわかる魔道具を持たせたほうがいい」

グレン様がそう言ったため、ジーナさんのブラウスの襟と袖先には飾り石型の身を護る魔道具が、スカートの裾部分には居場所がわかる魔道具を刺繍に紛れ込ませてつけることになった。

身を護る魔道具は、衝撃を与えると防御の魔術が発動するというもので、居場所がわかる魔道具は、対になっている魔道具によって場所を特定できるというもの。

どちらも小型の魔道具のため、一回だけしか効果がないらしい。

それだけでジーナさんを守れるかな……？

「ついでに、映像を記録するブローチ型の魔道具をつけることはできないか？　映像を残せれば、相手がジーナに何をしたか、証拠を残せる」

わたしが不安に思っている間に、グレン様がそんな話をし始めた。

「証拠は大事だわ！　襟元のリボンをブローチで留めれば違和感なく、かつ相手の顔をしっかり映せるのではないかしら？」

王妃様の言葉にグレン様が頷いている。

「では当日、宝物庫から出せるよう依頼を出しておく」

宝物庫から出すということは、国宝級の魔道具では……？

そう尋ねようとしたけれど、王妃様とグレン様がいい笑みを浮かべているため、何も言えなかった。

ジーナさんは、「国宝級……」と小さくつぶやき、どこか遠くを見つめて諦めた表情をしていた。

「ジーナの服装が決まったから、次はチェルシーちゃんの服装を決めましょう」

王妃様がそう言うとジーナさんとグレン様の目がきらんと輝いた。

「チェルシー様専属メイドたちで考えた案がございます！」

先に手を挙げて話し始めたのはジーナさんで、王妃様は楽しそうに微笑みながら首を傾げた。

「何かしら？」

「チェルシー様にはぜひ、執事見習いの男の子の服を着ていただけたら……と！」

ジーナさんの言葉にわたしは瞬《まばた》きを繰り返す。

まさか男の子の服装を勧められるとは思っていなかった！

「まあ……なんて、なんて面白い案でしょう！」

王妃様はとても喜んでいるらしく、興奮気味に両手を組みながらぶんぶん振っている。

「組織の者たちに、チェルシーの容姿は知られているだろうし、貴族が多く訪れる植物園だから、メイドや侍従、執事が付き添いでいることもおかしくない。チェルシーの身長であれば、執事見習いか……とてもいい案だな」

グレン様はニヤッと少年のような笑みを浮かべながら、そう言った。

変装なのだから、思い切って男の子の服を着るのもいいかもしれない……！

「他に案がある者はおりまして？」

喜色満面の王妃様が他のメイドたちに視線を向ける。

王妃様付きのメイドたちは全員、首を横に振り、素晴らしい案だとジーナさんを褒めた。

こうしてわたしの服装は、執事見習いの男の子のものになった。


「では、最後にグレンくんの服装なのだけれど……」

王妃様はそこで言葉を区切り、今日一番の楽しそうな表情で微笑む。

「チェルシーちゃんが執事見習いなら、仕える主人が必要でしょう？　グレンくんには貴族の令嬢になりきってもらえばいいのではなくって？」

「は!?」

グレン様が目を見開き、驚いている。

貴族の令嬢……つまり、グレン様が女装をする？

「絶対、とても似合うと思います……！」

両手を組みながらそう言えば、王妃様もメイドたちもジーナさんも、わかる！　と言わんばかりに頷いている。

「いや、ちょっと……」

「グレンくんの容姿は色変えの魔道具を使ったとしても目立つのだから、女装でもしないかぎり、相手方に気づかれてしまうと思うの。だから、初めから女装をおすすめするつもりだったのよ」

王妃様がグレン様の言葉を遮りながら、そう言った。

「たしかにグレン様は天使様のように美しいお顔をしてらっしゃるので、髪色を変えただけでは、すぐに気づかれてしまいますね」

わたしがそう口にすれば、グレン様は言葉に詰まったようで黙った。

「どんな服が似合うかしら？　試着をしてみなければわからないわよね？」

「すぐに準備いたします」

王妃様の言葉にメイドの一人がそう答えると、メイドや侍従など総出で部屋の中にあったテーブルを移動させ、試着用の服を運び入れ始めた。

グレン様は額に手を当てながら、盛大にため息をつく。

試着用の服の準備ができると、王妃様がグレン様に向かって言った。

「グレンくんは部屋の中央に立ってちょうだいね」

グレン様は部屋の壁際から動こうとしない。

「しかたありませんわね……では、チェルシーちゃんにあの話を」

「わかった。試着するから、それはやめてくれ」

王妃様の言葉をさえぎって、グレン様が部屋の中央に立つ。

あの話が何なのかとても気になるけれど、今はグレン様に試着してもらいたいので……あとでこっそり伺うことにする……。

王妃様がふふっと微笑みながら頷くと、メイドたちが一斉にグレン様を囲った。

「まずはオーソドックスなこちらのワンピースはいかがでしょうか」

「もう少し骨格がわかりにくいもののほうがいいわね」

「肩の部分にリボンをつけて誤魔化すのはどうかしら？」

「そもそも、ワンピースは腰回りが心配ですわ」

「コルセットで締めればいいのではなくって？」

「それもいいけれど、セパレートタイプはどうかしら？」

「セパレートなら、ベストを着せて、胸を隠すこともできますわね」

メイドたちはさまざまな服を持ち、グレン様に試着させていく。

「チェルシーの前で、こんな姿を晒《さら》すなんて……」

グレン様は諦めた表情をしつつもそんなことを言っていた。

最終的に、グレン様の服装は、花柄のレースで出来た大きな襟付きのブラウスとベスト、ハイウエストのフリル付きロングスカートに決まった。

「当日はこの服に似合うアクセサリーと銀糸のかつらを用意しましょう」

「とても楽しみです……！」

王妃様の言葉につい本音をこぼすと、グレン様はがっくりと肩を落とした。

＋＋＋

その日の夜、わたしは居城にある自分の部屋のベッドのふちに腰掛けて、ジーナさんを守るための魔道具について考えていた。

ブラウスにつけた小型の魔道具によって、ある程度の攻撃から身を護ることはできる。

万が一、誘拐されても、スカートにつけた小型の魔道具で、居場所がわかる。

もっと他にも気をつけなければならないことがあるんじゃないかな……？

うーんうーんと唸《うな》っていたら、ノックの音がしてミカさんが入ってきた。

手にはお茶の入ったポットとお菓子の入ったカゴを持っている。

「夕食のときも考えごとしてたけど、どうしたのよ～？」

ミカさんはそう言うと、テーブルの上に小皿に複数載った丸いドーナッツを並べ、お茶の入ったポットの上に載せていた取っ手のない小さなカップにお茶を注いだ。

小さなカップからは湯気が立ち上り、甘い香りが広がる。

わたしはベッドのふちから立ち上がり、テーブルの前の椅子に腰掛けると、ミカさんも対面の椅子に座った。

「実は今日、王妃様に招かれて、お部屋に伺ったときに……」

変装用の服を考えたこと、服につけた二種類の魔道具だけでジーナさんを守れるのか不安であることなど、つらつらと語った。

すると、ミカさんはお茶を一口飲んだあと言った。

「その二つの魔道具だと、精神攻撃は防げなさそうなのよ～」

そういえば、ジーナさんに贈られてきた手紙の封蠟《ふうろう》に、気分が高揚する効果と判断力が低下する効果の小さな魔道具がこっそりついていた。

精神攻撃をしてきてもおかしくはない！

「魔道具を新たに用意してもらわなくてはなりませんね」

そう言うと、ミカさんが首を傾げた。

「チェルシーちゃんのスキルで生み出しちゃったらいいのよ～？」

わたしのスキルは願ったとおりの種子を生み出すというもの……もしかしたら、魔道具のような種を生み出せるかもしれない……と、先日も思った。

「具体的にどういったものにするか、設計図を描かないと……」

わたしがそうつぶやくとなぜか左手首に着けている精霊樹でできたブレスレットから、紙とペンが現れた。

「もしかして、ルートがいるの？」

そう尋ねると、浮遊雲に乗ったシリルくんと、蝶々《ちょうちょう》のような羽で空を飛ぶルートがパッと現れた。

「バレちゃったね」

『ぼくが紙とペンを出してもらったから』

「シリルくんもいたんだね」

二人が現れたことに驚きつつも、紙に向かって生み出したい種について書く。

「持っている間、精神攻撃を受けない……地面に落としたら、土に還《かえ》る」

他に何を書くか迷っていると、ミカさんが言った。

「どうせなら、ネックレスの形をした種にするのよ～」

首にかけておけば、服を着替えることになっても、ポケットに入れたまま忘れることはない。

「いいですね！　描いてもらえますか？」

「いいのよ～」

ミカさんにペンを渡すと、さらさらっとネックレスの絵を描いてくれた。

どことなくロイズ様がくださった文様入りの毒除《よ》けのネックレスに似ている。

そういえば、ミカさんも同じネックレスを持っていたような……。

そんな会話をよそに、シリルくんとルートが丸いドーナッツを半分こしながら食べていた。

わたしも一つドーナッツをいただき、甘いお茶を飲む。

ホッと一息ついたところで、ミカさんの描いたネックレスの形をした種の絵と、どういう効果がついてほしいかを書いた説明文をじっと見つめる。

設計図にしては、少し雑な気もするけれど、種そのものに効果がついてほしいので、このまま生み出そう。

「精神攻撃を防ぐ効果を持つネックレスの形をした種を生み出します――【種子生成】」

ジーナさんを守りたい……そう願いながらスキルを使うと、ぽんっと軽い音がして、わたしとミカさんが持つ、毒除けのネックレスのような形をした種が現れた。

首周りのチェーンは金属のような質感があり、ペンダントトップの部分にはまん丸の黒い石のようなものがついている。

「見た目は設計図どおりだけど、効果がわからないのよ～」

わたしもミカさんも【鑑定】スキルを持っていないため、成功したのか失敗したのかわからない。

「グレン様に鑑定してもらうしかないですね……でも、今日はもう遅いので、頼むのは明日にしましょうか」

そう話していたところに、ノックの音がしてグレン様がやってきた。

グレン様の周りをシリルくんとルートがくるくると飛び回っている。

「何かあったのかい？」

どうやら、シリルくんとルートがグレン様を呼びに行ったらしい。

「遅い時間にごめんなさい。実は……」

事情を説明するとグレン様はすぐにネックレスの形をした種を鑑定してくれた。

「名前は、状態異常を防ぐ種・ジーナ・パーシー限定。身に着けている間、状態異常に掛からない。地面に落とすと土に還る」

グレン様は何度も瞬きを繰り返しながら、鑑定結果を告げた。

「ジーナ限定の種とは、なかなかいい種を生み出したね。これなら他の者に悪用されることがないから、安心して渡すことができる」

手放しに誉《ほ》められて、とても嬉しい。

「ネックレスの形の種っていうのも面白いね」

「それは、ミカさんの案なんです」

そう告げると、ミカさんがえへんと胸を反らした。

「今後は指輪の形の種や髪飾りの形をした種とかも作れるんじゃないか？」

「チェルシーちゃんならできるのよ～」

「しっかりと設計図に指輪や髪飾りの絵を描いてもらわないと、生み出せないと思います……」

わたしはそう言ったあと、先ほど作った設計図をグレン様に見せる。

ミカさんが描いたネックレスの絵は、誰が見てもネックレスだとわかるもの。

わたしが描いたら、よくわからない絵になるに違いない……。

「絵か……なかなか難しいね」

グレン様もあまり、絵を描くのが得意ではないため、一緒になって苦笑いを浮かべた。

10. と確保

ついにジーナさんのお休みの日がやってきた。

前日のうちにジーナさんにはネックレスの形をした状態異常を防ぐ種・ジーナ・パーシー限定を渡してある。

わたしは執事見習いの男の子になりきるため、紺色の執事見習いの服を着て、髪は首の後ろでひとくくりにしてもらった。

また、薄桃色の髪色は目立つため、色変えの魔道具を使ってはちみつ色に変えてもらってある。

執事見習いの服は想像以上に動きやすいため、機会があれば、また着てもいいくらいには気に入っている。

変装し終わったあと、わたしはグレン様の部屋へと向かった。

ノックをして部屋に入れば、王妃様付きのメイドたちに囲まれたグレン様が立っていた。

銀糸のかつらをかぶり、うっすらお化粧をしたグレン様は普段の何倍も光り輝いていて美しい。

そこに小ぶりのアクセサリーを身に着ければ、さらに美しさが引き立つ。

どこからどう見ても女性……元から女性では？　と思いそうになる。

「チェルシー……男の子の装いもかわいいね」

「グレン様……きれいを通り越して、本当にお美しいです……！」

口元で両手を組み、うっとり眺めていたら、グレン様が大きくため息をついた。

「そんなふうに褒められても、嬉《うれ》しくはないんだよ……？」

「ため息をつくグレン様も美しいです……！」

我慢できずにそう言葉にすれば、グレン様は苦笑いを浮かべていた。


準備が整ったので、王都の東の植物園へ向かうことになった。

同時に行くと怪しまれるので、わたしとグレン様は、ジーナさんとオルドリッチ子爵令息の待ち合わせ時間よりもかなり早くに馬車に乗り込み出発する。

グレン様は部屋を出たときから、令嬢らしい仕草で歩き、馬車の中では足をそろえて座っていた。

「ルシー」

グレン様から愛称で呼ばれたため、嬉しくてニコニコと微笑《ほほえ》む。

「はい、アル様」

そう答えれば、グレン様は申し訳なさそうな表情をした。

「ここから先は愛称で呼び合いましょう。本名では私たちの正体に気づかれてしまいますからね」

グレン様は令嬢らしい口調でそう告げる。

「わかりました、アル様」

わたしもグレン様を見倣って執事見習いらしく答えれば、グレン様は苦笑いを浮かべた。

「できれば、いつもの姿で呼ばれたいものだけれど、今回ばかりはしかたありませんわね」

そんな会話をしながら、王都の東の植物園に到着した。

わたしが先に馬車を降りて、グレン様に手を差し出す。

グレン様は涼しい顔をしながら、わたしの手に手を乗せて馬車を降りた。

それから数歩進んだところで、ピタッと止まりつぶやく。

「念話をお願いしてもいいかしら……？」

わたしはすぐに頷《うなず》き、グレン様に念話を送る。

（どうかしましたか？）

（令嬢と執事見習いが会話をしながら歩いていたら、目立ちそうだからね）

（なるほど……）

（まだ組織の者は来ていないようだ）

グレン様の言葉にわたしはできるだけ怪しまれないように周囲を見回す。

植物園のゲート前には五人ほど人がいて、誰もが誰かと待ち合わせをしているようなそぶりをしている。

（とりあえず、予定どおりに植物園内を歩き回って、待ち合わせ時間まで時間をつぶそう）

（はい）

執事見習いらしく、主人であるグレン様の左斜め後ろに立ち、歩行の邪魔にならないように、何かあったらお守りするつもりでついていく。

植物園のゲートをくぐれば、色とりどりの花が咲き乱れているのが目に入った。

いつもなら、気に入った花の前で足を止めるのだけれど、今は執事見習いだからグレン様についていかなきゃ……！

グレン様は令嬢らしく、ゆっくり歩き、途中で立ち止まっては花を愛《め》でている。

どこからどう見ても令嬢に見える！

じっとグレン様を見つめていたら、わたしの反応に気づいて小さく首を傾《かし》げた。

（アル様はどうしてそんなに令嬢らしい振る舞いができるのでしょうか？）

部屋を出たときから思っていた疑問を念話で尋ねると、グレン様は気まずそうな顔をしたあと、ゆっくり歩き出す。

（……実は、幼いころに陛下と妃殿下と三人で淑女教育を受けたことがあるんだ。だから、体が覚えているらしい）

「!?」

驚きすぎて声を出しそうになった。

（アル様だけでなく、国王陛下も……ですか？）

念話でそう伝えつつ、慌ててグレン様の後ろをついていく。

（あれは十五年前かな……俺が六歳で、妃殿下がまだ陛下の婚約者だったころのことなんだけど）

グレン様は温室の一つに入ると、上から垂れ下がるように咲くベゴニアの前で立ち止まった。

（陛下が妃殿下に『淑女教育とはそこまで大変なのか？』って尋ねたんだ……）

そして、視線を上に向け小さくため息をつく。

国王陛下に対して呆《あき》れたために出たため息のはずなのに、まるでベゴニアが素晴らしくて感嘆のため息を漏らしたように見える……。

（妃殿下は、それはもうお怒りになって、『あなたたちも淑女教育を受けてみなさい！』って言い出して、なぜか陛下とともに受けさせられたんだ）

わたしはサージェント辺境伯の養女になってから、淑女教育を受け始めた。

とても大変だったと心の底から言える。

（それでその……まずは見た目からと言われて、コルセットを装着させられて、重たいドレスを着て、それからヒールの高い靴を履いて……その後は姿勢、歩き方、座り方、座ったときの足の置き方……立ち振る舞いを一カ月毎日みっちりやらされた）

（一回ではなく、一カ月……ですか!?）

驚いてつい、グレン様の顔を見つめてしまう。

グレン様はニコッと令嬢らしく微笑むと、温室の中を歩き出す。

（陛下も初めの数回は余裕そうにしていたんだけどね、一カ月も続くと疲れ切っていたよ）

十五年前ということは、国王陛下は十八歳……成人していたため、政務を担っていたはず。

つまり、政務を行いつつ、淑女教育を受けていたことになる。

とても大変だったに違いない……。

（そんなこともあって、俺は淑女教育がどんなものか多少は知っているし、どれだけ大変なのかもわかる）

グレン様はそう言うと突然振り返り、わたしを見つめて優しく微笑んだ。

（だから、短期間で淑女教育を詰め込んだルシーの大変さも、どれだけ努力してきたかもわかってるつもりだよ。ルシーはがんばったね）

（そんなふうに褒められると思っていなかったので、嬉しいです……）

顔を赤くしながらそう告げると、グレン様はわたしの頭をぽんぽんと撫《な》でた。

（婚約してから初めて頭を撫でられました……）

褒められて嬉しいという気持ちと子どものように頭を撫でられて恥ずかしいという気持ちが混ざり、だんだんとグレン様の顔を見ていられなくなる。

気づけば下を向いていた。

（婚約者の頭を撫でるのは、子ども扱いしてることになると思ってやめてたんだ。でも今は執事見習いだから、いいかなって）

わたしは慌てて顔を上げる。

（そうだ！　今は執事見習いなんだから、下を向いている場合じゃない！）

グレン様はわたしの行動が面白かったようで、両手で口元を覆って笑いを堪《こら》えていた。

（アル様が令嬢らしい振る舞いをするのだから、わたしも執事見習いらしい行動をしなくては！）

わたしはそう意気込むとグレン様に視線を向けた。

「アル様、次はどこへ向かいますか？」

念話ではなく口頭で尋ねれば、グレン様は小さく首を傾げたあと、指さした。

「隣の温室に向かいましょう」

「はい、アル様。お供いたします」

そう答えれば、グレン様は小さく頷き、隣の温室へ歩き出した。


執事見習いになり切って、グレン様と一緒に植物園の温室を二カ所見て回ったあと、ゲートまで戻ってきた。

思いがけずグレン様と一緒にお出かけするような形になって嬉しい。

そんなことを考えていたら、午後の始まりの鐘が鳴った。

（そろそろ待ち合わせの時間ですね）

念話でそう伝えれば、グレン様は小さく頷く。

ゲート前に視線を向ければ、ジーナさんが緊張した面持ちで立っているのが見えた。

そんなジーナさんに見知らぬ男性が駆け寄っていく。

見知らぬ男性はジーナさんに嬉しそうな表情で話しかけている。

一見すると見知らぬ男性はジーナさんに好意があるように見えるけれど……。

（鑑定したけど……あの男がジーナに手紙を送ったオルドリッチ子爵令息ニコラスで間違いない）

グレン様はそう言い切ると、すぐに祈るように両手を組んだ。

すると近くに立っていた紳士……アリスターさんがジーナさんと令息のほうへ歩き出す。

他にも変装している何人かの騎士がゆっくり移動していくのが見えた。

このグレン様の動作は、現れた男性が捕縛対象であったときの合図のひとつで、もっとも危険な人物だったときのものだったはず。

（ニコラスは、嫉妬に駆られた代行者の崇拝者でオルドリッチ子爵の養子さらに【魅了】スキルを持っている）

【魅了】はいい使い方をすれば人を惹《ひ》きつけ財を成し、悪い使い方をすれば人の心を惑わすと言われているとても珍しいスキルで、王立研究所で制御訓練を受ける対象だったはず。

（ニコラスの年齢的に、俺と同時期に王立研究所で制御訓練を受けているはずだ。だが、見覚えがない。もしかしたら、出身が貴族家ではないから、登録漏れしているのか……？　いや、わざと登録していない場合もあるか……）

グレン様がそんなことを念話でつぶやいている間にもジーナさんは令息と会話を続けている。

ジーナさんは初めのうちは令息に対して断るそぶりを見せていたのだけれど、途中からぼんやりした表情になっていくのに気が付いた。

（もしかして、ジーナさんに渡したネックレスの種の効果がないのでしょうか？）

わたしが青い顔をしながら尋ねると、グレン様はすぐにじっとジーナさんを見つめ始めた。

（いや、しっかりネックレスの効果は出ていて、状態異常にはなっていない）

どういうことだろう？

首を傾げそうになるのをぐっと堪えながら、ジーナさんを見れば、頭の後ろあたりにシリルくんとルートがいることに気づいた。

（あんなところにシリルくんとルートが……）

（本当だ……よく令息に気づかれないな）

（もしかして、シリルくんとルートがジーナさんに令息は【魅了】スキルを持っていることを伝えたのかも？）

（最近のあの二人の行動を考えれば、ありえるね。だから、ジーナは演技をし始めたのかもしれない）

そう結論付けたところで、令息がジーナさんの手首を摑《つか》んだ。

ジーナさんは抵抗しなかったけれど、一瞬嫌そうな顔をしていた。

令息はそんなジーナさんには気づいていないようで、無理矢理腕を引き、歩き出そうとした。

（ジーナさんが連れていかれちゃう⁉）

そう思った直後、アリスターさんがジーナさんと令息の間に割って入り、二人を引き離した。

「何をするんだ！」

「私の愛《いと》しい人に触れるな！」

令息の叫び声に対して、アリスターさんが叫び返した。

するとぼんやりしているふりをしていたジーナさんの表情が真っ赤に染まっていく。

口をパクパクしながら照れているジーナさんがとてもかわいらしく見える。

「俺の【魅了】が効いてないだと⁉」

令息はジーナさんの表情を見て、やっと気づいたらしい。

すぐさま逃げ出そうとしたのだけれど……。

「逃がすわけがないだろう！」

アリスターさんが令息の手首を摑んで、そのまま背中へと捻《ひね》り、押し倒した。

あっという間の出来事で、ジーナさんが驚いている。

「すごい……」

わたしがそうつぶやくと、アリスターさんに取り押さえられた令息を見て、逃げ出そうとした男性たちにグレン様が魔術を放った。

「……《束縛《バインド》》！」

魔術の掛かった男性たちは、次々にその場に倒れていき、周囲にいた変装した騎士たちに取り押さえられていく。

「オルドリッチ子爵令息ニコラスには魔力封じの腕輪もつけておけ」

先ほどまでとは違って、グレン様の口調は普段どおりのものになっている。

指示を受けた変装している騎士の一人が、令息に魔力封じの腕輪をつけたのを確認すると、ほっとして詰めていた息を吐いた。

幕間2. グレン

Interlude

チェルシーが生み出したネックレス型の種のおかげで、ジーナは【魅了】に掛かることもなく、無事に嫉妬に駆られた代行者の崇拝者たちを捕縛することができた。

【魅了】スキルに掛かると、記憶を残したまま、相手の意のままになってしまう。

たとえ【治癒】スキルで状態異常を解除しても、記憶が消えるわけではないため、後悔の念を抱えて暮らすようになるものが多い。

チェルシーに危害を加えた記憶を持ちながら、仕え続けることにならなくて、本当に良かった。


捕縛した連中はすべて、監房の塔に入れた。

手始めにオルドリッチ子爵令息であるニコラスを通常の尋問で問いただしたのだが、口を割らない。

「しかたない……」

心を折る方向にもっていくか……。

そう思ってつぶやけば、ニコラスは、鼻で笑った。

「尋問で大した情報を得られなかったから、拷問でもするってか！　どんなことされても俺は何も言わないぞ！」

ニコラスはそう言うと、ニヤニヤとした笑みを浮かべた。

「……拷問はしない」

なぜ、手が汚れることをしなければならないんだ。

俺はきっぱり言い切ると、尋問部屋にミカを招き入れた。

「頼む」

「任せてなのよ～」

ミカはニコラスの真向かいに座ると姿勢を正した。

「ではこれから、ミカが【尋問】を始めます。きちんと詳しく答えてください」

普段とは違う口調で話し出したミカは、じっとニコラスを見つめる。

「あなたがジーナ・パーシーに対して、行ったことは何ですか？」

「ジーナ・パーシーの婚約者フランクリン・ヒスコックにオリヴィエ・タナーを近づけて、婚約を解消させた。手紙を使ってジーナ・パーシーを植物園に呼び出し、俺を婚約者にするよう【魅了】スキルを使って迫った」

ニコラスは答えながら、驚きに目を見開いていく。

ミカの持つ賢者級の【尋問】スキルは、スキルを使用している間、問われたことを必ず答えてしまうという犯罪者にとってかなり厄介な代物だ。

かなり魔力を消耗するらしく長時間は使えないため、使うタイミングを誤ってはいけない。

「な、んだこれは!? なぜ答えてしまうんだ！」

ニコラスは、動揺しているのかカタカタと震え出した。

「どうして、ジーナ・パーシーを狙ったのですか？」

「ジーナ・パーシーがチェルシー・サージェントの筆頭メイドだからだ。ジーナ・パーシーを意のままに操れば、チェルシー・サージェントを表舞台から引きずりおろすことができると幹部に言われてやった」

「幹部とはオルドリッチ子爵家当主と夫人のことか？」

オルドリッチ子爵家当主と夫人にはパーティで何度か顔を合わせている。

あまり見かけない人たちなのもあって、会うたびに【鑑定】スキルを使って名前を確認していた。

だからこそ、違うとわかっていながらそう尋ねると、ニコラスは慌てた様子で首を横に振った。

「違う！ 養父母は俺によくしてくれる……あの二人は無関係なんだ！」

「おまえはオルドリッチ子爵の養子だ。養父母である当主と夫人が疑われるのは当然だろう？」

そう言うと、ニコラスはだらだらと汗をかきながら、自分から語り出した。

「本当にあの二人は関係ないんだ！ 幹部連中は俺のことを手駒としか思ってなくて、今回のことも俺には選択肢がなかった。俺がやらなかったら、養父母を手に掛けるって言い出したんだ」

ニコラスの言葉にうそは感じられない。

どうやら子宝に恵まれなかったオルドリッチ子爵家当主と夫人は、養子として迎えたニコラスのことをよほど大事にしていたらしい。

その結果、ニコラスは当主と夫人に情が移ったのだろう。

「幹部たちは俺以外にも貴族の家に養子を送り込んで、家を乗っ取るよう指示を出していた。他にも国の官僚になれとも言っていた。そうすれば、チェルシー・サージェントにも精霊樹にも近づけるから！」

やはり、嫉妬に駆られた代行者の崇拝者たちは、クロノワイズ王国の貴族家に手を出していたようだ。

「俺が知っていることならなんでも話す！　だから、養父母には何もしないでくれ！」

ニコラスはそう叫ぶと知りうる情報を語った。

＋＋＋

ニコラスの尋問を行った翌日、タナー男爵令嬢オリヴィエを捕縛した。

ヒスコック伯爵令息フランクリンはやはりオリヴィエに翻弄されるような男だったのもあって、オリヴィエを監視することはできなかった。

結果として、ヒスコック伯爵家当主が離れにオリヴィエを軟禁していたらしい。

オリヴィエは助けられたと思い喜んでいたようだが、行先が監房だと知り、顔色を青くしていた。

さらにオリヴィエに与えられていたとされる『崇高な使命』に失敗したのだと教えると、オリヴィエの様子がおかしくなった。

「うそよ！　私はちゃんと使命を果たした！　失敗じゃない！　落ちこぼれじゃない！　私はちゃんとやったもん！」

取り乱したオリヴィエは正気を失ったようで、尋問を受けることもできず、監房での生活を余儀なくされた。

エピローグ

I'll Never Go Back to Bygone Days!

長いお休みが終わり、久しぶりに王立研究所のわたしの研究室へグレン様とともに足を運んだ。

テーブルを挟んでグレン様と向かい合わせに座り、ミカさんが作ってくれたカステラとマーサさんが用意してくれた紅茶をいただく。

研究室の窓からは、キラキラ輝く精霊樹の幹が見えた。

「ミカに協力してもらって、いろいろわかったよ」

グレン様はそう言うと、捕まえた人たちから得た情報を教えてくれた。

そのひとつとして、嫉妬に駆られた代行者の崇拝者たちは、貴族家を乗っ取るために養子を送り込んでいたことがわかったらしい。

「養子や養女を迎えている貴族家には、すべて調査を入れることになったよ」

グレン様は疲れた表情でそう告げる。

【鑑定】スキルを持つ人はとても少ないため、グレン様も調査に駆り出されているのだとか……。

「嫉妬に駆られた代行者の崇拝者たちに対して、少し進展しましたね」

きっと本物の代行者であるサクラさんに言えば、喜ぶに違いない。

そんなことを考えていたら、グレン様が研究室の扉前に立つアリスターさんを見つめながら言った。

「進展と言えば、ジーナとアリスターは婚約したらしいね」

アリスターさんは顔を赤くしているけれど、何も言わずに騎士としての職務を全うしている。

ジーナさんはアリスターさんに助けられたことがきっかけとなり、好意を抱いたらしい。

「そう伺いました。もし、ジーナさんを泣かすようなことがあれば、わたしは全力でアリスターさんを……怒りたいと思います」

わたしの持てる力、すべてを使って怒る！

そう表明すると突然、雲に乗ったシリルくんとパタパタと蝶々《ちょうちょう》のような羽を動かして飛ぶルートが現れた。

「そのときはぼくもお手伝いするよ！　苦手だけど、悪夢を見せるよ！」

『お菓子をくれるジーナさんを守るよ！　えっとぼくは……考えていることを全部教えちゃうよ！』

「チェルシーが怒ると、大変なことになりそうだね」

グレン様は笑いを堪《こら》えながら、アリスターさんに視線を向ける。

アリスターさんは何か言いたそうな顔をしていたけれど、騎士としての職務を優先して何も言わなかった。

きちんと職務を全うするアリスターさんなら、ジーナさんを泣かせることはないだろう。

二人とも気遣いのできる人だから、お互いに大切にし合って、末永く幸せになるに違いない。

そんな未来予想を立てていたところで、ノックの音がしてトリス様と水の精霊ハルナークがやってきた。

「チェルシー嬢も殿下も久々っす！」

茶色い髪に眼鏡をかけたトリス様は、いつものようににぱっとした笑みを浮かべている。

「やっとチェルシー様に会えた！」

幼児のような見た目でトリス様に肩車をしてもらっている精霊姿のハルもにぱっと笑った。

髪色の違う親子のように見える。

トリス様と精霊姿のハルは、セレスアーク聖国に挿し木した精霊樹のそばで暮らしていて、ほぼ毎日、精霊樹を通じて王立研究所へ通っているらしい。

「おひさしぶりです。トリス様、ハル」

一カ月半ぶりに二人へ挨拶をすると、精霊姿のハルがトリス様の肩からぴょんっと飛んで、ふわりと浮いた。

そして、わたしの背後にいるシリルくんとルートの前に移動する。

「あなたはだあれ？」

精霊姿のハルが首を傾《かし》げると、緊張した様子のシリルくんが言った。

「ぼくはシリル。ナイトメアでチェルシーと契約してる」

『シリルはぼくの友だち』

蝶々の羽をぱたぱた動かしながら、シリルくんの前にルートが飛び出る。

「仲良しなんだね。私も仲間に入れて～」

精霊姿のハルはそう言うと、シリルくんとルートを追いかけて遊び始めた。

「そういえば、新しい種を生み出したって聞いたっす。どんなものっすか？」

「ネックレスの形をした種で……」

わたしはそう言うと、左手首に着けている精霊樹を通じて、ミカさんに描いてもらった設計図を取り出し、トリス様に見せた。

「ペンダントトップんところが種なんすね！　実物ってあるっすか？」

トリス様が興味津々といった表情で設計図を見つめている。

「ジーナさんにあげたので持ってないです」

そう答えると、トリス様はがっくりと肩を落とした。

わたしはくすっと笑うとスキルを使う。

「状態異常を防ぐ種を生み出します――【種子生成】」

トリス様にあげよう……そう思っていると、ぽんっと軽い音がして、手のひらにネックレスの形をした種が現れた。

「状態異常を防ぐ種・トリスターノ・フォリウム限定。身に着けている間、状態異常に掛からない。地面に落とすと土に還《かえ》る……」

すぐさまグレン様が鑑定結果を教えてくれたのだけれど、ハァとため息をついた。

「俺、限定っすか!? すごいっすね！」

トリス様にネックレスの形をした状態異常を防ぐ種を渡せば、踊り出しそうなくらいに喜ぶ。

そして、あらゆる方向から種を観察し始めた。

グレン様はと言えば、じぃっとわたしの顔を見つめた。

どうしたんだろう？

首を傾げたら、グレン様が立ち上がって、わたしの真横に移動した。

そして、耳元に顔を寄せて、そっとつぶやく。

「俺もルシーから、限定のネックレスがほしいな」

普段とは違う甘えるような優しい声音で、しかも愛称で呼ばれれば、ビクッと体が硬直するし、顔が真っ赤にもなる。

「あ、あの……えっと……今度じゃだめですか？」

こんな状態ではまともにスキルが使えるとは思えないし、できれば見た目も内容もグレン様専用の特別なものを生み出したい。

そう思って告げれば、グレン様は腑《ふ》に落ちない表情をしつつも頷《うなず》いた。

「ちょっと見ない間に殿下とチェルシー嬢の仲が深まったっすね」

ネックレスの形をした種を観察していたはずのトリス様が突然そんなことを言い出したため、わたしだけでなくグレン様も頬を染めた。

番外編

I'll Never Go Back to Bygone Days! Extra Edition

水の精霊ハルナークの一日

私……水の精霊ハルナークの一日は、セレスアーク聖国に挿し木してもらった精霊樹のチェックから始まる。

「今日もしっかり擬態できてるね」

精霊樹は本来、水晶のようにキラキラ輝く枝葉や幹をしているんだけど、そのままの姿ではきれいすぎて悪いやつらに狙われてしまうから、普段は普通の樹木に見えるよう擬態してもらっている。

「結界も大丈夫だね」

擬態だけだと不安なので、力のある術者……今代ではチェルシー様の婚約者に悪意を持つ者には触れられない、近づけない、跳ね返すという結界を張ってもらっている。

「ちゃんとすくすく育つんだよー」

意思を持つ精霊樹に向かってそう言うと、さわさわと葉っぱを揺らした。

つづいて契約主であるトリス様を起こさないと！

Extra Edition

人族の幼児に見える精霊姿でふわりと浮かび上がり、精霊樹の近くにある屋敷へと向かう。

この屋敷は精霊樹を守る翼族《よくぞく》の警備員たちが暮らしている寮のような場所で、トリス様は大聖女たちの許可を取って、一室を貸してもらっている。

トリス様のお部屋は、精霊樹に一番近い場所。

窓からそろりと中へ入れば、トリス様は規則正しい寝息を立てながら眠っていた。

私の契約主であるトリス様は、ふわふわしたくせっ毛の茶色い髪に碧《あお》い目をした男性で、普段は眼鏡をかけている。クロノワイズ王国の王立研究所の研究員で、フォリウム侯爵家の令息でもある。

トリス様はクロノワイズ王国で暮らすべき人なんだけど、私と契約したせいでセレスアーク聖国の精霊樹のそばで暮らさなきゃいけなくなった。

私がこの世界にやってきたとき……つまり、セレスアーク聖国に精霊樹を挿し木してもらったとき、チェルシー様以外だとトリス様しか契約主になれそうな人がいなかった。

だから、トリス様との契約はしかたないことではある。

と言っても、それとは別にトリス様に対しては申し訳ないという気持ちもあるけどね！

「トリス様、朝だよー」

眠っているトリス様のそばで呼びかける。

毎朝こうやって一回目は名前を呼んで起こしてるけど、一回も起きたためしがない。

「やっぱり起きないよね」

起きる気配がまったくないのを確認したら、私はトリス様の顔の前までふわりと移動する。

そして幼児っぽい小さな手でトリス様の顔をぺちぺちと叩《たた》く。

足の裏をくすぐったり、耳を引っ張ったり、お腹《なか》に頭突きしたりと、今までいろいろな方法で起こしてみたんだけど、これが一番痛くなくて、効果がある。

しばらくすると、トリス様が寝ぼけ眼《まなこ》のままむくりと起き上がった。

「トリス様、おはよう！」

もう一度声を掛けると、トリス様は両手を上げて伸びをする。

「ハル嬢、おはようっす！　今日も起こしてくれてありがとうっす」

トリス様は寝起きなのもあって無防備なへにゃっとした笑みを向けてくる。

それが毎朝、眼福だと思ってることはナイショ。

「えへん！　もっと褒めて！」

トリス様の真正面で胸を張れば、私の頭を撫《な》でてくる。

「ハル嬢はえらいっす！　すごいっす！　ありがたいっす！」

満足いくまで撫でてもらったら、ふわりと離れる。

それを合図にトリス様はベッドから出て、顔を洗い身支度を整え始める。

私はその間に屋敷の食堂に行って、トリス様の朝食を準備する。

食堂に入った途端、コーヒーの香りが漂ってきた。

「おはようさん。今日はハルちゃんの好きなサーモンのベーグルサンドだよ」

「やったぁ！」

食堂のおばさんの言葉が嬉《うれ》しくて両手を上げて喜んだ。

この屋敷に住む人たちは、精霊である私にも気軽に話しかけてくれる。

利用しようとする気配もなければ、敬愛しすぎるなんてこともない。

ちょうどいい関係でいてくれるので、とても暮らしやすい。

私はにぱっとした笑みを浮かべたまま、二人分のトレイを持ち、ふわりと浮かぶ。

それぞれのトレイにサーモンのベーグルサンドとコーヒーを載せてもらうと、いつも座っている席へと運ぶ。

椅子に座って待っていると、クロノワイズ王国の王立研究所の制服に身を包んだトリス様が食堂にやってきた。

「ハル嬢、本当にいつもありがとうっす！」

トリス様が心底嬉しいと言いたげな笑みで、またお礼を言ってくる。

私のせいで不自由な思いをさせてるんだから、お礼なんていらないんだけどなぁ。

その言葉は飲み込んで、えへんと胸を張った。

それから、ゆっくりと朝食を摂《と》ったあと、トリス様に肩車をしてもらいながら、精霊樹の根元まで向かう。

セレスアーク聖国の精霊樹の周りには、翼族の警備員が立っている。

「おつかれさまっす」

トリス様の言葉に、翼族の警備員たちは左手の拳で右胸をトントンと叩いた。

これは翼族流の挨拶。

私もトリス様に肩車してもらいながらだけど、同じように左手の拳で右胸をトントンと叩く。

翼族の警備員が笑み崩れた。

それを横目にトリス様は精霊樹の根元に立つ。

「いってくるっす」

そう声を掛けたあと、精霊樹の幹に触れ、吸い込まれるように幹の内側……精霊界へ入った。

精霊界は、トリス様が住む世界と似た構造をしているんだけど、とても狭く、精霊しか住めない。

精霊以外の存在が精霊界に長期間滞在しようとすると、世界の理《ことわり》で勝手に他の世界に追い出されてしまうらしい。

「何度見ても不思議っすね」

精霊界に入るとすぐにトリス様は振り返り、今通ってきたところ……精霊界ではゲートと呼ばれているお庭にあるアーチのようなものを見ながらつぶやく。

ゲートの表側からは精霊樹の外の様子が見え、背後に回ると真っ黒になっていて触れても通り抜けられない。

さっき、私とトリス様が通ったセレスアーク聖国のゲートからは、翼族の警備員が精霊樹にぺたぺた触って、自分たちも通れないか試しているのが見える。

精霊界に出入りできるのは、精霊の契約者と精霊の導きという祝福を持つ者だけだから、翼族の警備員たちがいくら触っても通ることはできない。

「トリス様、行こうよ」

肩車してもらいながら、セレスアーク聖国のゲートの対面にあるクロノワイズ王国のゲートを指す。

「そうっすね！」

トリス様はにぱっと笑うと、クロノワイズ王国のゲートの先に誰もいないことを確認して、ゲートの外……精霊樹の外へと出た。

「クロノワイズ王国は今日も晴天だね」

キラキラ輝く精霊樹の葉っぱの間から、雲一つない空を見つめる。

トリス様は軽い足取りで、通いなれた王立研究所の中へと入っていった。

それからお昼になるまで、トリス様の日課についていく。

まずは王立研究所の北にある転移陣を使って、畑の水やりや草むしりをして……。

研究室に戻ってからは、書類の整理や情報の精査、チェルシー様が生み出した種に変化がないかチェックをして……。

他にも所長に頼まれた仕事をやったり、チェルシー様から種を預かったりしているうちにお昼になった。

昼食から夕方までは、いつもトリス様と別行動をとるようにしている。

千年以上前に契約していた別の主が「人は常に誰かと一緒だと体調が悪くなることがある。適度に一人になる時間が必要だ」と言っていたからだ。

「お昼だ！　エレ様のところに行ってくるね」

「いってらっしゃいっす」

トリス様はにぱっとした笑みを浮かべて手を振りながら送り出してくれる。

幼児のような精霊姿のままふわりと浮かび上がり、エレ様のところ……二代目の原初の精霊樹から一番近い研究室のソファーに向かう。

「エレ様、今日もお邪魔するよ」

ソファーの上で丸くなって眠っている猫姿のエレ様がちらっと私に視線を向ける。

すぐにまぶたが閉じるのを見て、許可が出たのだと確信する。

私も仮の姿である蛇になり、エレ様の隣でとぐろを巻いてお昼寝を始めた。

＋＋＋

お昼寝を終えて、次は何しようかと考えていたところにトリス様がやってきた。

「ハル嬢、ちょっといいっすか？」

『どうしたの？』

蛇姿でちろちろと舌を出しながら返事をすると、トリス様がにぱっと微笑《ほほえ》んだ。

「今日の午後はお休みをもらったっす。日ごろのお礼を兼ねて、街まで一緒に買い物に行かないっすか？」

『行く！』

トリス様と契約してから初めての街歩き、行かないわけがない。

しかも日ごろのお礼であれば、好きなお菓子を買ってもらえるに違いない！

すぐに返事をしたあと、蛇姿から幼児のような見た目の精霊姿へと戻る。

ツインテールにした水色の髪が揺れるのを見て、しっかり精霊姿に戻れたことを確認したあと、私はふわりと浮かび、トリス様の手を引っ張った。

「早く行こう！」

トリス様は空いている手で私の動きを制した。

「街では他の人たちがびっくりしちゃうっす。浮かぶのはナシでお願いするっす」

「あ！」

昔はぷかぷか浮きながら移動する精霊や箒《ほうき》や絨毯《じゅうたん》に乗って移動する人などたくさんいたけれど、今はわたしとエレ様くらいしか浮かんでいる者は見かけないんだった。

私はすぐにトリス様に肩車してもらう。

「これならいい？」

「人ごみに紛れて見失うこともないし、いいっすね！　とりあえず、馬車に乗って移動するっす」

トリス様はそう言うと、王立研究所の近くにある馬車乗り場から街へ向かう馬車に乗った。

大きな門を通り抜けて城塞の外へと出る。

馬車の窓から道行く人やお店を見ていたら、甘くておいしそうな匂いがしてきた。

「おいしそう……」

ぽつりとつぶやけば、トリス様がすぐに馬車を止めるよう御者に頼んだ。

「ここで降りて、いろいろ食べたり見たりして回るっすよ」

馬車を降りると、先ほど感じた甘くておいしそうな匂いがする！

匂いに釣られて歩き出す前に、トリス様に肩車をしてもらった。

「まずはクレープを食べるっす」

どうやら匂いのもとはクレープ屋さんだったらしい。

そこでトリス様は、イチゴとクリームたっぷりのクレープとチョコレートとバナナのクレープの二種類を買ってくれた。

「さすがに食べるときは降りてもらわないとっすね」

トリス様はいつものように笑うと噴水のそばにあるベンチに私を降ろした。

「半分ずつ分けっこして食べるっす」

そう言って先にイチゴとクリームたっぷりのクレープを渡してくる。

実は精霊は、水と空気があれば生きていけるため、人のような食事を摂る必要はない。

けれど、おいしいと感じる味覚を持っているため、精霊は栄養以外の目的で好んで食事を摂る。

「おいひい」

途中でチョコレートとバナナのクレープを分けてもらい、二種類の味を堪能した。

クレープを食べ終わると、トリス様は私を肩車し直して歩き出す。

次に向かったのは、リボンを多く取り扱っている髪飾り専門のお店だった。

「ここでハル嬢に似合うリボンを探すっす」

今着けている薄紫色の幅の広いリボンは、昔の契約主がくれたもの。

新しい契約主であるトリス様からもリボンがもらえるのだと思うととても嬉しくて、飛び跳ねそうになった。

「ハル嬢は何色が似合うっすかね？」

トリス様の問いにお店のお姉さんが肩車してもらっている私の顔をじっと見つめる。

「こちらのお色などいかがでしょうか？」

お姉さんが取り出したのは、ベルベット素材の紺色のリボンだった。

「これはなんていうか、強そうでかっこいいっすね！」

トリス様の表現はとても変わっていて、とても新鮮で特別な感じがする！

「このリボンがいい！」

トリス様と同じようににぱっと微笑みながら、ベルベット素材の紺色のリボンを指せば、すぐに買ってくれた。

そして、お店のお姉さんに着けてもらう。

鏡を見れば頭だけとても上品な感じに見える。

「服がこれだと合わないかも？」

私が着ている服は、フードのついたシャツとかぼちゃみたいに膨らんだオーバーオール。

上品さとはかけ離れている。

「もちろん、服も買うっすよ！」

トリス様は私を連れてオーダーメイドの服屋さんへと入った。

まずは採寸からということで、店員さんに測ってもらう。

次は店内で気に入った形の服や布地を選ぶらしい。

「あら？　トリス様？」

また肩車をしてもらって、お店の中を歩くと、知らない女の人がトリス様の名前を呼んだ。

「ノエル嬢じゃないっすか」

ノエルと呼ばれた若い女の人は、はちみつ色のウェーブがかったふわふわの髪にトリス様と同じ碧い目をしていて、チェルシー様より少し大人に見える。

「だあれ？」

あえて幼児のような見た目に沿った問いかけをすると、ノエルはすぐに挨拶をしてくれた。

「ウィスタリア侯爵の娘、ノエルと申します。ぜひノエルと呼んでください！」

「私はハルだよ」

この場で、精霊であることは言えないため、名前だけの自己紹介になってしまった。

ノエルは口を小さく開けて何かいろいろ尋ねようとしたけど、ここではダメだと思ったようで口をつぐんだ。

そしてちらちらと私とトリス様に視線を向けたり、小さくため息をついたりしている。

エレ様と同じく数千年生きている私には、ぴんと来た。

これは恋する乙女の視線だね！　トリス様に気があるんだね！

さて、どうしたもんかな？

肩車されながら首を傾《かし》げていると、トリス様は空気を読まずににぱっと微笑む。

「今日はハル嬢の服を選びに来たっす」

「そ、そうなんですね」

ノエルはぎこちない笑みを浮かべながら頷《うなず》く。

トリス様はそんなノエルの反応に気づかないまま、店員さんと私の服を選び出した。

「このリボンに合わせるなら、服もベルベッド素材にするっすか？」

そんな声が聞こえるけど、私はノエルが気になってしかたがない。

「トリス様、降ろして」

私は肩車から降ろしてもらうと、ノエルのそばまで歩いて行った。

そして、手を引っ張る。

「ノエル、しゃがんで」

「え？」

いつもだったらぷかぷかと浮かんで話しかけに行くんだけど、今日は浮かぶのはナシと言われているので、相手に耳を近づけてもらわなければならない。

ノエルは私の意図を理解できないまま、しゃがんでくれて、小さく首を傾げている。

きっと素直でいい子に違いない。

そう思いつつ、わたしはノエルの耳元に向かって小声でつぶやく。

「ノエルはトリス様が好きなの？」

たったその一言だけで、ノエルの顔はぼんっと火が出たかのように真っ赤になった。

何も言えずに口をパクパクしていて、とてもかわいい。

「私とトリス様は主従関係みたいなものだから、心配しなくても大丈夫だよ」

たぶん一番聞きたかったはずの私とトリス様の関係を言うと、ノエルは驚いた表情になり、私の両肩を摑《つか》んだ。

「その年で従者なの!?」

少し大きめの声でそう言うと、服を選んでいたトリス様が慌てた様子でこちらにやってきた。

「ハル嬢は従者じゃないっすよ」

「え、でも……」

ノエルは私の言葉を信じてくれているようで戸惑っている。

そっか……幼児のような見た目だと従者って言い方も良くないのか……。

これは早々にノエルに私は何者かを伝えたほうがいい。

「トリス様、服選びは今度にしてノエルとお話ししたい」

きっぱりと要求を告げると、トリス様は珍しく首を横に振った。

「ハル嬢は滅多に街に出られないっす。だから、服選びが終わってから、話してほしいっす」

「そうね……幼いうちは家族と一緒でなければ、買い物には行けないものね……」

ノエルがしゃがみながら納得したように頷いている。

ムムム！　また幼児のような見た目が引っかかるのか！

今までこの見た目で苦労したことはなかったんだけどなぁ……。

「わかった……じゃあ、服はノエルに選んでもらう！」

とりあえず、ノエルを巻き込んで服選びをして、そのあとに話をすると決めた。

リボンと同じベルベット素材のワンピースとさらりとした布地でできたブラウス、フリルのたくさんついたスカートなど、何種類もの服を選んだ。

オーダーメイドのお店なので、後日、出来上がった品を受け取りに行くらしい。


ひとまず服選びが終わったので、ノエルと話す時間を作ってもらった。

ナイショの話をしたいので、ノエルが乗ってきたウィスタリア侯爵家の紋章のついた馬車にお邪魔させてもらう。

馬車の扉をしっかり閉めて走らせれば、車輪の音のおかげで大声を出さないかぎり御者にも声は聞こえない。

「それで……二人はどういう関係なんですか？」

ノエルは姿勢を正してじっと私とトリス様を見つめる。

トリス様は苦笑いを浮かべているから、きっとどう誤魔化すか考えているに違いない。

恋する乙女にウソはダメなんだぞ。

「改めて自己紹介するね。私は水の精霊のハル。トリス様の契約精霊だよ」

「ふぇ!?」

ノエルは変な声を出しかけて、慌てて自分の口を手で押さえた。

「ほんとに？」

それからまじまじと私の姿を見つめる。

「うん」

私は頷くとその場でふわりと浮き、トリス様の隣からノエルの隣へと移動する。

ノエルははじめのうちは驚いていたけど、途中から楽しいものを見る目に変わった。

「浮かぶことができるなんて、すごい！」

「変化もできるんだよ」

褒められたのが嬉しくて、つい仮の姿である蛇になったら、ノエルの動きがピタッと止まった。

やらかしたかもしれない！

ノエルをじっと見つめていれば、徐々に両手を組んで祈るような形にしていき、頬を染めながらびっくりするくらいに喜び始めた。

「ハルちゃん……いいえ、ハル様！　変化できるなんてすごいです！　しかも、蛇なんて最高！」

「ノエル嬢は昔から動物も植物も好きなんすよ。だから、ハルの変化を見ても大丈夫だと思ってたっす」

トリス様がにぱっとした笑みを浮かべてそんなことを言う。

ひとまず、ノエルが驚かなくてよかった！

ホッとしつつ、元の幼児のような見た目の精霊姿へと戻る。

「私とトリス様の関係はちゃんと伝わったし、今度はノエルとトリス様の関係を教えて？」

そういえば聞いていなかったと思って尋ねる。

ノエルはどう説明してもらえるのか楽しみと言いたげな表情になった。

「ノエル嬢とは小さなころから家同士の付き合いがあるだけっすよ」

トリス様はあっけらかんとした様子でそう言い、同意を求めるようにノエルに視線を向ける。

ノエルの表情は先ほどまでとは打って変わって、目から光が消えひきつった笑みを浮かべている。

婚約者でも恋人でも友だちですらない。ただ家同士の付き合いがあるだけで、幼なじみとも言わない。信用はできるけど、それだけ……？

恋する乙女にそれはきつすぎる！

ノエルにはがんばってほしい。

トリス様はひどいことを言ったつもりはないらしく、にぱっとした笑みを浮かべていた。

私はつい残念なものを見るような目をトリス様に向けた。

ナイショの話は終わったので、ノエルのオススメのティールームへ行くことになった。

大通りから一本入ったところにあるティールームは、外観はいたって普通のお店なんだけど、中に入ったらいたるところに植物が置いてあって、森や草原にいるような不思議な気持ちになるお店だった。

「すごくいい店っすね」

トリス様がにぱっとした笑みを浮かべながら褒めると、ノエルはほんのり頬を染めて嬉しそうにしていた。

いつか一緒に行けるようにって、トリス様が好みそうなお店を事前に調べておいたのかな。

ノエルは本当にトリス様のことが好きなんだね。

その後、ノエルとトリス様の過去の話を聞いたけど、ノエルがトリス様の気を引こうといろいろやっては、暴走していると思われて説教を受けているということがわかった。

＋＋＋

日が暮れる前にノエルに王立研究所まで送ってもらった。

そのまま王立研究所のそばにあるクロノワイズ王国の精霊樹を通って、セレスアーク聖国の精霊樹まで帰ってきた。

「ただいまっす」

翼族の警備員にトリス様が挨拶すると、左手の拳で右胸をトントンと叩いてみせる。

たまには私も翼族の挨拶をしよう。

そう思って、左手の拳で右胸をトントンと叩けば、翼族の警備員たちは両手で顔を押さえたり、両腕で自分自身を抱きしめていたりと身もだえていた。

屋敷の食堂へ行き、トリス様と一緒に夕食をおいしくいただく。

今日は若鳥の香草焼きとカボチャのポタージュだった。

食後は談話室で非番の警備員たちとおしゃべりしたり、本を読んだりしているうちに就寝時間になった。

トリス様はお風呂に入ったらしく、髪を濡《ぬ》らしたまま部屋に戻ってきた。

「乾かすよー」

髪についている水分を適度に除けば、あっという間にトリス様の髪が乾く。

「やっぱり、水の精霊だけあってハル嬢の水の扱いはすごいっす。俺も【水魔法】で同じことをしようとしたけど、パッサパサになったっす」

トリス様はそう言うとふわふわの茶色いくせっ毛をつまむ。

「髪にもうるおいが必要なんだよ」

代行者様の言葉を口にすれば、トリス様は「そうっすか」と言って笑った。

寝る準備を整えたトリス様に挨拶をする。

「おやすみなさい、トリス様」

「おやすみっす、ハル嬢」

ベッドに入ったトリス様はあっさりと眠りにつく。

しっかりと寝顔を見届けてから、窓から部屋を出て、精霊樹のてっぺんに近い枝に腰掛ければ、風に水色の髪が揺らされて、新しいリボンをもらったことを思い出した。

つづけてクレープを食べたこと、服を買ってもらったこと、ノエルと出会ったことなど今日あったことを次々に思い出していく。

「お出かけ楽しかった。ノエルとトリス様がうまくいくといいな」

思ったことを口にすれば、精霊樹の葉が相槌《あいづち》を打つかのようにさわさわと揺れる。

私は長く生きているのもあって、数えきれないほど恋する乙女を見てきたけど、結末は誰一人として同じにならなかった。

トリス様はノエルの気持ちにまったく気づいていなかった。

ノエルの恋は実るのかな？

トリス様はいつノエルの気持ちに気づくのかな？

それとも二人は離れてしまうのかな？

二人の行く末を思いながら、蛇姿になり精霊樹の枝の上で眠りについた。

あとがき

お久しぶりです、みりぐらむです。

「二度と家には帰りません！」六巻をお買い上げいただき、ありがとうございます！

六巻は全体的に作者の趣味をこれでもかと詰め込みました。

特に前半の小さくてかわいいチェルシーたちがお気に入りすぎて、挿絵だけでなく、口絵にもしていただきました。

後半はいわゆる婚約破棄を外側から見た場合……といった話になっております。

ひさしぶりに黒いグレンが書けて、とても楽しかったです。

番外編はトリスの話を書こうとした結果、水の精霊ハルナーク視点の話になりました。

ぜひお楽しみくださいませ。


さて、いつものようにお礼を述べさせてください。

かわいらしいチェルシーたちを描いてくださったイラスト担当のゆき哉《かな》先生。

いろいろな調整をしてくださった担当Yさん、営業さん、校正さん、デザイナーさん、印刷所のみなさん、『にどかえ』を置いてくださっている本屋さんと書店員さん。

それから、体調を気にしてくださるRさん、Mさん、家族のみんな。

この本を手に取り、読んでくださっているみなさん。

本当に心からありがとうございます！


それと私事ですが、六巻は手術を伴う入院をしたため、発売時期を遅らせていただきました。

大変お待たせして申し訳ございません。

悪い部分は全部取り除いたので、快方に向かっています。


やっぱり、健康は大事です。

みなさんも年齢性別問わず、水分補給や体の保温など、気をつけてください。


この本に関わったすべてのみなさんが、健康に過ごせますように！

みりぐらむ

雨川透子
ILLUST. 八美☆わん
過去の人生で得たスキルを思いっきり発揮します！
コミックガルドにて
コミカライズ連載中！
ループ7回目の悪役令嬢は、
元敵国で自由気ままな
花嫁生活を満喫する
20歳で命を落としては婚約破棄の瞬間に
ループしてしまう公爵令嬢リーシェ。
7回目の人生は、過去の人生でリーシェを殺した皇太子アルノルトの
元へ嫁ぐことになってしまい……!?
長生きごろごろ生活のため、
過去人生の職業スキルを発揮して生き延びます！
OVERLAP NOVELS f

王太子に婚約破棄された
公爵令嬢と結婚!?
紫音
イラスト：凪かすみ
ルベリア王国物語
～従弟の尻拭いをさせられる羽目になった～
第6回
オーバーラップ
WEB小説大賞
【大賞】受賞!
王族の血を引きながらも近衛隊に所属するアルヴィスは、突如国王陛下の呼び出しを受け、
公爵令嬢エリナとの婚約を告げられる。エリナは王太子の婚約者だったのだが、
実は彼女が一方的に婚約破棄されたと発覚。アルヴィスは王族に戻ることに……!?
OVERLAP NOVELS f

コミックスシリーズも
大好評発売中!
漫画 遊喜じろう
原作 みりぐらむ
キャラクター原案 ゆき哉
二度と家には帰りません!
Nido to ie niha kaerimasen!
GARDO COMICS

不遇だった
令嬢が——
いた…っ
ズキズキ…
ごはんを食《た》べようと思《おも》って…
それで残飯《ざんぱん》を漁《あさ》ってたってわけ？
あぁ意地汚《いじきたな》い意地汚《いじきたな》い
寄《よ》らないで匂《にお》いが移《うつ》るわ
希少スキルに目覚めて
人生逆転!?
君《きみ》を王立研究所《おうりつけんきゅうじょ》にお招《まね》きするというのはどうかな
あんたが新種《しんしゅ》のスキルに目覚《めざ》めた女《おんな》の子《こ》っすね!?
ふえっ

作品のご感想、
ファンレターを
お待ちしています

あて先

〒141-0031　東京都品川区西五反田 8-1-5 五反田光和ビル4階
オーバーラップ編集部
「みりぐらむ」先生係／「ゆき哉」先生係

スマホ、PCからWEBアンケートにご協力ください

アンケートにご協力いただいた方には、下記スペシャルコンテンツをプレゼントします。
★本書イラストの「無料壁紙」　★毎月10名様に抽選で「図書カード（1000円分）」

公式HPもしくは左記の二次元バーコードまたはURLよりアクセスしてください。
▶ **https://over-lap.co.jp/824003935**
※スマートフォンとPCからのアクセスにのみ対応しております。
※サイトへのアクセスや登録時に発生する通信費等はご負担ください。

オーバーラップノベルスf 公式HP ▶ **https://over-lap.co.jp/lnv/**

二度と家には帰りません！⑥

発行　2023年1月25日　初版第一刷発行
著者　みりぐらむ
イラスト　ゆき哉
発行者　永田勝治
発行所　株式会社オーバーラップ
〒141-0031
東京都品川区西五反田８-１-５
校正・DTP　株式会社鷗来堂
印刷・製本　大日本印刷株式会社

ISBN　978-4-8240-0393-5 C0093

【オーバーラップ　カスタマーサポート】
電話　03-6219-0850
受付時間　10時～18時（土日祝日をのぞく）

第11回オーバーラップ文庫大賞
原稿募集中！
イラスト：冬ゆき
【賞金】
大賞…300万円
（3巻刊行確約＋コミカライズ確約）
金賞……100万円
（3巻刊行確約）
銀賞……30万円
（2巻刊行確約）
佳作……10万円
キミが物語の王様
【締め切り】
第1ターン 2023年6月末日
第2ターン 2023年12月末日
各ターンの締め切り後4ヶ月以内に佳作を発表。通期で佳作に選出された作品の中から、「大賞」、「金賞」、「銀賞」を選出します。
投稿はオンラインで！ 結果も評価シートもサイトをチェック！
https://over-lap.co.jp/bunko/award/
〈オーバーラップ文庫大賞オンライン〉
※最新情報および応募詳細については上記サイトをご覧ください。
※紙での応募受付は行っておりません。